KAKUREMINO

隠れ蓑

Mikeikenhofu

未経験豊富

文芸社

プロローグ

頑張って逃げ続けた。だってわたしじゃないから。でも捕まったし、死刑が確定している。

こんな理不尽を受け入れることなんてできるわけがない。けれど、いまのわたしにそれを証明することはできない。だからわたしが知っている真実のすべてをここで告白する。

これは無実のわたしが知る限りを書き綴った獄中手記である。

目次

1. 孤独

　わたしには誰にも話していない秘密があった。

二〇〇〇年十月九日（月）体育の日がわたしの八歳の誕生日で、孤独の始まりとなった日だ。風が吹くたびに枯れ葉が舞い、やがて地面に着地するとカラカラと乾いた音を出しながら転がっている。わたしは目の前に転がってきた枯れ葉を無邪気に踏み潰しながら歩いていた。

　わたしは双子の妹と椋木（むくのき）寛治（かんじ）という名前のおじさんと三人で暮らしていた。おじさんからは、わたしたちの両親は仕事の関係で海外にいると聞いている。それも多忙を極めているとかで、子育てに余裕がないという理由でおじさんが預かることになったとか。わたしは悲しかった。顔もなにも知らないけど、やっぱり両親と暮らしたかった。そんな駄々ばかりをこねてよくおじさんを困らせていた。妹はわたしとは違い、駄々をこねることはしなかった。わたしと二人でいるときは一緒にはしゃいでいるけれど、なぜかおじさんと三人でいるときは、ガラリと一八〇度性格が変わりとてもおとなしい子だった。きっとおじさんからしたら、わたしが無理な要求で駄々をこねていることが鬱陶しかったのだ。

おじさんから「家の外がどんな世界か気になるか？」と問われた。当時八歳のわたしは「うん！」と即答した。驚くことに、今日がわたしたちの誕生日ということで、おじさんからいままで絶対に禁止だと言われていた外出の権利を得たのだ（誕生日というものと年齢もこのとき初めて知った）。ずっと家の中で過ごすことを当たり前だと教えられていたから、わたしはワクワクが止まらなかった。おじさんからは日が沈む前には帰ってくるように言われ、テンションの上がっていたわたしは元気よく返事をした。妹と一緒にどこに行くか必死に考えた。そもそも家の外の世界を知らないわたしが考えたところでなにもわからないのに。そのことに気付き、考えるのをやめておじさんに聞くことにした。

「妹も喜ぶとおもう。ねぇ、おじさん。妹はいまどこ？」

聞くと、おじさんは微笑む。

「あの子は今日体調が悪いみたいだから美希一人で出掛けるんだよ」

　このときわたしはおじさんのことをなにひとつ疑うことはなかった。無知な八歳だから無理もない。それに、脳内は外出できる喜びでいっぱいだった。秋風も、軽快な音を奏でながら舞う枯れ葉も、初めて見る景色も、すべてが新鮮で心地がよくおもえた。ただひとつ、気になることといえばやたらと周囲の視線を感じたこと。そのときはそれがなぜなのかわからなかったが、わたしはその理由をすぐ知ることになる。いままで見たこともない少女が突如現れ、一人でぶらぶら歩きまわっているのが異常なのだと。

　わたしは公園の遊具とそれで遊ぶ子たちを見て心が躍った。他の子たちの行動を見よう見まねで同じ動きをして楽しんでいた。夢中になって一通り遊んだ後、急に冷静になり居心地の悪さを感じた。少し休むことにしてベンチに座る。そのとき公園に居たこどもの親なのか、おばさん数名が輪を作って談話している内容が聞こえた。ちらっとおばさんたちを見るとわたしに向いていた全員の視線が見事に逸れる。おそらく遊具で遊んでいるときも周りの子たちからそういう視線はあったのかもしれないが、集中して遊んでいたから気付かなかった。公園を後にして住宅街を歩く。わたしと同じくらいの年の子はもれなく親と一緒か、複数名の友達と共に行動していることに気が付いた。ひとりぼっちなのはわたしだけだった。だからみんなが見ているのだとおもった。しかし、それだけでこちらが見ると視線を外すなんてことをするのもどうなのだろう。そんなことを頭の中でぐるぐるさせ、彷徨いながら歩いていると、いつの間にか家の前まで辿りついていた。玄関の扉を開ける。

「ただいまー！」

声をかけたが返事はなかった。それどころか妙な静けさが漂っていた。違和感を抱きつつもリビングへと向かいドアを開ける。部屋中を異臭が包み込み、嗅覚がそれを捉えた。目の前にはうつ伏せで寝転がっているおじさん。周囲の床には真っ赤な水溜まりができていた。わたしは思考が追い付かない光景に混乱した。それから数時間後、とりあえず妹を探すことにした。

「ねぇー！　どこー？」

妹の名前が思い出せない。というより妹に名前はなかったような気がする。少なくともこれまでに名前を聞いたことがない。ずっと「妹」と呼んでいたし、生活圏内がこの家の中だけだったわたしに、それを不思議におもう感覚は存在しなかった。

「ねぇ、居ないのー？」

妹は家のどこにも居なかった。現実的には居たところでなにかできたわけではないだろうが、幼かったわたしにそんな考えはなく、ずっと一緒に居た妹さえ居れば安心できるとおもって探し続けた。諦めがついたところで、いまからなにをしたらいいのか判断することができない。不安に駆られて急に泣き喚いてしまった。疲れるまで泣いて、いつの間にか深い眠りについた。結局のところ、わたしが誕生日に手に入れたのは孤独だった。

起きてからは極力リビングには近寄らずに、こども部屋で過ごした。外出したときに気が付いたことだが、この家は近隣の他の家よりも断然大きかった。わたしはその事実だけを認識して他に感想などは抱かなかった。しかしいくら家が広いとはいえ、時が経てば鼻腔を刺激する異臭が増してくる家での生活を続けるのは苦痛以外のなにものでもなかった。ところがそんな生活もすぐに終わることになる。あまりにも強烈な異臭が近隣にも被害を及ぼしたことで通報される事態となり、警察が駆けつけてきたのだ。そこからの展開は、なにも知らないわたしにはついていけずパニックになった。完全に記憶が飛んでいたが、仮にパニックになっていなかったとしても、当時のわたしに起きたことのすべてが理解できずにいただろう。

次にわたしの記憶があるのは児童養護施設での生活だった。そこで暮らすようになってから、この世界に学校というものがあることを知った。正確な表現ではないかもしれないが、一般的には家族で暮らして、学校に通い、友達を作りみんなで遊ぶ、そんな生活を送るらしい。しかし、わたしやこの施設にいるみんなにはその家族がいない、または親に問題があって家族で暮らせず、施設に移り、親代わりとして職員が世話をしてくれているという。このとき、外出した際の周囲のわたしを不審がる視線の意味を理解した。また、家では一切観ることが許されなかったテレビではアニメという面白いものをやっていることも、施設に来て初めて知った。

とにかくわたしは同世代と比べてあまりにも知らないことが多いという事実を施設で思い知らされる。こんなところでも上下関係は形成されていき、なにも知らないことを馬鹿にされ続け、いじめられる日々を送る。それは学校でも同じだった。劇的に変化した環境。当時の生活の基盤となる施設と学校の両方でいじめられていることがわたしの精神を追い込み続け、学校はすぐに不登校となった。せめてもの抵抗で独りになれる時間があれば、誰も居ない場所を見つけては自らの意思により独りでいるようにした。孤独ほど安心のできる時間は他にはなかった。孤独のときに考えるのはいつも妹のことだった。

「あら、こんなところに居たの？　晩御飯の時間よ。おいで」

急に話しかけられるとびっくりするし、なにより独りで居られる場所を見つけられてしまったことが嫌だった。

声をかけてきた施設職員の金沢さんはいつもわたしを見つける。この施設のどこで独りになろうと必ず見つけ出す。それが嫌で仕方がなかったが、不思議と彼女のことは嫌いではなかった。それどころか少しだけ心が温かくなる感覚さえあった。他にも彼女に関しては謎がある。わたしが施設へやってきた初日、敷地に入るなり職員総出で出迎えられたときにまず目が合ったのが金沢さんだった。すると彼女はおもむろに泣き出したのだ。その理由はずっとわからないままだった。それに彼女が配膳を担当するときは、わたしの食事だけ量が若干多くて最初はたまたまかともおもったが、量が多いと感じるときは、決まって彼女が配膳担当で、他の子たちの分と見比べるとわたしは多めに盛られていたのは明らかだった。男子たちは自分の食事に夢中で食らいつき、女子は仲のいい子同士の会話で盛り上がっていたので気付いている様子はなかった。贔屓の理由は不明だが、わたしのなにかしらに彼女が関わるとき、必ずそっとしておいてほしいという気持ちと、矛盾する心地よさを感じていた。しかし、わたしを贔屓する彼女でも施設内で起きているいじめにはまったく気付かなかった。まるでいじめの現場を目撃しても避けているのだろうと疑うほどピンポイントでそのことだけに関わることはなかった。

わたしは食事のときも誰かと話すことはないのでひたすら考え事をしていた。考えることは嫌いではなかったが、結論が出ることはなく頭の中に新しい「？」がいくつも増えていくだけだった。独りになれず時間を持て余したときには、いつもテレビを観ていた。施設に来るまで観ることのできなかったテレビが、いまは面白くて仕方なかった。これまで頭の中が空っぽだったおかげか、刺激だらけの毎日によって勝手にいろんな知識が身についていった。

二〇〇四年十一月十一日（木）

ドキュメンタリー番組をやっていたのでなんとなく観てみた。それが無知で幼いわたしに幼稚な夢を抱かせた。おじさんが殺害されてから四年ほど経ち十二歳の小学六年生になった頃だった。番組の内容は起業して成功を収め、その後も会社の規模を大きくすることなくずっと一人で経営している人物の密着取材をしているものだった。正直、内容が難しくて理解できないことだらけだったが、一人でお金持ちになったくらいの解釈をした。「これだ」とおもいわたしは再び学校に通うようになる。いきなり集団生活に放り込まれていじめられる生活を強いられたわたしにはこれしかないとすらおもえた。とにかくいまは我慢。そして高校まで勉強を頑張って、こんな世界とは縁のない一人で生きていける大人になろうと考えた。

二〇〇五年～二〇〇七年の中学校時代にわたしは集団行動を覚える。入学したときは他の小学校から来る人たちがどんな人かなんて気にしなかったし仲良くなるつもりもなかった。実際に仲がいいと言える人は一人もいなかった。しかし、やっと勉強がみんなに追い付いてきた中学二年生の頃、クラス替えによってまた知らない人たちと関わることになる。他のみんなは小学校の頃に仲が良かった人や去年同じクラスだった友達がそれぞれにいて、四月早々から教室は騒がしかった。それから一カ月が過ぎて、初めてわたしに声をかけてきたのは和田里美だった。理由はなんてことはなく、「ごめん、赤ペン貸して～」とかだった気がする。里美はとにかく語尾を伸ばす癖がありとか人見知りしないタイプで誰とでも話せるが、用もないのにむやみやたらと話しかけるわけではないので、ペンを貸してほしいというきっかけでたまたま話すことになった。里美の席は窓側の一番後ろで里美の前がわたしなのだが、里美はいつもなにかあれば仲のいい隣の席の藤倉結花を頼っていた。しかしこの日、結花は学校を休んでいた。それ以来、里美がわたしに話しかけてくる頻度は増えた。おそらくは好奇心。「なんで誰とも話さないの～？」とか「いつもつまんなそうだよね～」とか、自分が知りたいことは平気で聞くしおもったことは包み隠さず失礼極まりない言い方で聞いてきた。もちろん失礼なことをされるのは嫌だ。でも、里美のそれはこれまでのいじめなどとは違うものだったし、なにより裏表のない素直な性格にわたしは惹かれたのかもしれない。里美がわたしと話す様子を何度か見てから結花もわたしと話すようになった。結花は里美に比べるとわりとしっかりした部分がある。ときには里美の言動を咎めたり周囲への気配りができたりするタイプで、結花とは安心して話すことができた。気付けばいつも三人で行動していて、わたしにはこの感覚が新鮮でむず痒かった。そんな里美と結花との出会いによってわたしの人生は大幅に路線変更する。小学生の頃に立てた幼稚な計画は忘れ去り、里美と結花と一緒の高校へ進学した。大学も同じところにいった。楽しい時間とはこんなに過ぎ去るのが早いのかと寂しい気持ちにもなったが、二人と仲良くなった頃から桁違いの馬鹿という理由でいじめに遭うこともなかったし施設にいることをいじる人もいなかった。それだけで心が軽くなった。なにより二人と過ごす充実した学生生活がわたしの人生に光を与えてくれた。就職先はそれぞれ違ったが週末に三人で集まって遊んだり、居酒屋で仕事の愚痴を言い合ったりもした。

二〇一五年、社会人一年目の夏。快適ではないものの初めての一人暮らしに慣れてきた頃。三人で集まることがわたしの唯一の楽しみだった。

「結花、美希またね～！」

里美が明るく言った。

「うん、また。美希もまたね」

結花は落ち着いた様子で上品に返す。

「うん、また来週」

最後にわたしが返事をする。わたしたちの解散の仕方はいつも決まって里美から始まってわたしで終わる。誰も意識しておらず、自然とそれがお決まりの流れとなっていた。なぜだかそれが気持ちよく解散できたから。わたしはもともと自分の名前が大嫌いだった。幼少期の美しくもなければ希望もない壮絶な人生で、「美希」なんて名前は嘲笑うために付けられたとさえ考えた。そんな昔は大嫌いだった自分の名前もいまではお気に入りとなっていた。自分より素敵な人生なんていくらでもある。でも、里美と結花のおかげで自分の中では名前に恥じない人生を歩みはじめることができていると実感していた。いつも二人と別れるとこのことを考える。職場では苗字で呼ばれるし交友関係は里美と結花だけ。この世でわたしを名前で呼ぶのは二人だけだと認識していた。

いつものようにそんなことを考えながら帰路についていると背後から視線を感じて振り返る。誰も居ない。恐怖で早足になりながら家に向かった。結局何事もなく無事に家に着き一安心はしたものの、心のざわめきが収まることなく怯えながらその日の夜を過ごした。それから一睡もできず寝不足で朝を迎える。さらに一週間のはじまりである月曜日の二重苦に気分がどんよりと沈み込む。一週間分のストレスを昨日ゼロにしてスッキリしたにもかかわらず、新たな一週間がはじまって一瞬で不快な気持ちでいっぱいになった。いつもより少しだらだらと準備をして、いつもより少し遅く出勤する。いつもより少しだらだらと仕事をして、いつもより少し遅く退社する。社会人になってから仕事に関しては割り切ってこなしていた。特に向上心もなく、人間関係もそこそこにやりたくないことは断ってきた。里美と結花といつまでも楽しく過ごしていければいいとおもっていたからだ。だがそれはわたしの我が儘でしかなかった。

二〇一七年、社会人三年目。生きているだけでイライラするような暑い夏を過ごしていた頃のこと。一人暮らしを開始してから二年が経っても変わらず、わたしは週末の里美と結花との集まりだけを生きがいに日々の生活を送っていた。そんな関係性に望まない変化が起きた。里美は同棲していた彼氏とついに結婚して専業主婦に。結花は独立した事業が見事に成功。さらなる事業拡大で充実した大忙しの日々を送っている。今でも連絡を取り合うことはあるけど、その頻度は月に数回程度。会うことなど皆無だった。それがみんなにとっては当たり前のことかもしれないが、学生時代は勉強に追い付くことを必死で頑張ってきて、人間関係の構築やコミュニケーションの取り方は里美と結花でしか経験していないわたしは裏切られた気持ちになった。自分だけが取り残された感覚に苛まれ、週末の過ごし方を見失い、再び孤独の世界に引き込まれる。拗ねたこどものように現実に反発し、むしろ自ら孤独になろうとするようになっていった。里美や結花からの連絡には徐々に返信する気力もなくなり、二カ月もすると返信すらしなくなった。もはや二人とは連絡を一切取っていない。最後にきていた連絡は『いつでも連絡してきてね。なんなら家にきてくれてもいいから』という里美からの連絡だった。どの面下げて会いに行けるのだろうか。会えるわけがない。

なにが楽しくて生きているのか目的を失ったわたしは気力が燃え尽きてしまった。一応出社はしていたが仕事をする意味もわからず、上の空でこなす業務でミスを多発。誰も直接的な言葉は使わなかったが、上司や同僚からのやめろという圧力もあったがそれも当然だとおもい、有休を消化して自主退職をすることにした。

二〇一七年十月九日（月）

　最後の出勤を終えていつも通り退社するときに声をかけられた。

「椋木さーん」

　会社に背を向けて歩きはじめた途端に呼び止められた。聞き覚えのある声にわたしは露骨に嫌な表情を浮かべて振り返る。そこにいたのはやはり篠原岳彦だった。わたしと同期で入社以来なにかとわたしに話しかけてくる鬱陶しい男だ。

「なに、早く帰りたいんだけど」

「そんな嫌な顔しないでよ」

「きもい」

　いつもニコニコしていて、こうした悪口を言っても笑顔が一切絶えない人物だった。このときもいつも通りの笑顔を振りまいてくる。それが癪に障る。この後の会話はほとんど覚えていない。ただひとつ記憶にあるのは無理矢理ペンダントを渡されたことだ。わたしの名前のイニシャルMが刻印されている。誕生日プレゼントという名目で渡され、わたしは誕生日と退職日が同じだということに気が付いた。しかし、そんなことはどうでもよかった。わたしが篠原を良くおもっていないことも関係ない。このときはとにかく誰とも接したくはなかったのだ。言動は柔らかいくせに気持ちの面では頑固な一面のある篠原から逃げて一刻も早く独りになりたかったわたしは、ペンダントを受け取ってお礼も言わずに無造作にバッグに突っ込んでその場を去った。

２．妹が生きている

二十五歳。無職で幼少期以来の孤独になった女。生きている意味もわからないが死ぬのも怖くてとりあえず生きている状態。毎日を部屋でぼーっとして過ごしている。

「生きていたら死ねるのに死んだら生きられないなんて……一回死んでやり直せたらいいのに」

ボソッと呟いてまた沈黙の時が流れる。お腹は減るので最低限の食事を済ませ、トイレで排泄物を出す。その他の時間はベッドの上でごろごろして気が付いたら寝ている。そんな生活を始めてから三カ月が経過する。食料の買い出しから帰ってきたとき、ついでに郵便受けを確認するといろいろと届いており、鷲掴(わしづか)みにしてリビングへ向かう。買い物袋を降ろして鷲掴みしたものに目を通していく。残高不足で家賃などの生活費が口座から引き落とせないから期限までに振り込めという催促の通知だった。わたしは焦ることもなくその紙から手を放す。ひらひらと落ちて床に着地した通知書から見える文字が鬱陶しくて、足で雑に溜まった書類をテーブルの下に押し込む。そのとき、くるりと半回転して通知書は裏返りながら収まる。いま見た現実がなかったかのように頭を切り替えて食事をする。買った食料がなくなったときが唯一の外出機会。しかしこのような生活がいつまでも続くわけはなく、ある日ごはんを買いに行こうと財布の中を確認すると二十一円しかなかった。自業自得の金欠状態である自分が情けなくてひとつ小さなため息をつく。仕事に行くときにいつも使っていたバッグが一番近くにあったので手にとり財布を突っ込み、手数料を気にしてコンビニでは下ろさずに銀行のＡＴＭまで行く。画面に表示された四万二百十四円という金額を目にして、いまの状況が笑えてきた。とりあえずなけなしの四万円を下ろしてその日の食事だけ買った。帰り道はだらだら歩いていく。

「椋木美希さんですよね」

背後から急に話しかけられて驚いて足を止めてしまう。恐る恐る振り返ると、そこには季節に合った冬服を着ているが、なぜだか異常な量の汗をかいている女性の姿があった。表情や視線から忙しない感じが伝わる。

「どちら様ですか？」

　もともと他人に興味のないうえにいまは自分のことで精一杯なはずのわたしは、なぜだか自然と女性に問いかけた。目の前の女性はそれには答えずにゆっくりと距離を縮めてくる。怖さはあったが危機感を抱くことはなく、意外にも冷静な頭で逃げるという選択肢はあった。しかし冷静だったのは頭だけで、恐怖に支配されてしまった身体は目の前の不気味な雰囲気に圧倒されてしまい硬直して動けなかった。自分の頬を冷や汗が伝う感覚に意識を取られていると女は眼前まで迫っていた。一瞬だが目深に被ったフードの奥の瞳が姿を現す。その目はなにかに怯えているように見えた。依然として状況は飲み込めないが、それだけで不思議と恐怖心が消えていった。

「あなた――」

「助けてほしいの」

　わたしの言葉を遮って突然助けを求めてきた。こちらが戸惑っていると女性は念のため辺りを一瞥してから話を続けた。

「あなたの妹に脅されてここにきたの」

　わたしの頭上に雷が落ちてきたかのような衝撃が全身を駆け回った。

妹が生きている。

その事実かどうかわからない発言が衝撃的で、脳内では目の前の女性がわたしの妹に脅されたという内容はスルーした。忘れていた大切な存在を思い出す。涙が溢れて止まらなかった。周囲の人から見れば随分と怪しく見えただろう。不審という言葉がお似合いな汗だくな女性と、その目の前で泣き崩れている女性の二人。訳ありの関係に見えるのはごく自然な思考だろう。徐々に立ち止まって様子を見てくる野次馬が増えてきたが心配して声をかけてくるような人は一人もいなかった。

「場所を変えましょう」

女性は泣き崩れたわたしに目線を合わせるために屈んでハンカチを差し出しながら耳元で囁く。それを無言で受け取り頷く。零れる涙を拭きながら立ち上がり、わたしたちは二人でその場を離れていった。女性についていくと行きついた先はどこにでもあるチェーン店の喫茶店。わたしたち二人は店員を呼び注文した後、無言で俯いていた。時間にして四～五分だろうが無言だったためにとても長く感じられた。視界に入るお客さんや店員の声や動きは捉えている。喫茶店特有の匂いも把握できている。しかしわたしたち二人だけ、時の流れが止まっているかのようにこの空間で存在を認められていない感覚に陥る。わたしは中学生のときに読んだ、とある本を思い出す。

〈もしいまわたしたちの知らない地の誰も居ない森で一本の木が倒れたとして、その木は音を出して倒れたのか〉

そのときは、わたしは音が出るに決まっているとおもっていたし、きっとほとんどの人が音は出ると答えるだろう。だが、数名の哲学者や心理学者が木は音を出していないと答えたという。【存在】とは誰かがそれを【認知】することで成立するという内容のもので、わたしはその本がすごく好きだった。正直、いまでも木は音を出して倒れるとおもっている。

でも、重要なのはそこではなくて木は音を出して倒れた〝扱いになるかどうか〟である。つまり意識すべきは【存在】と【認知】の関係性だ。そもそもその本を読んだきっかけは里美だった気がする。中学二年生のとき、まだ里美と打ち解ける前の関係性の時期に似たようなことを言われた記憶がある。

「え？　なんて～？　もっと大きい声で言ってくんないとわかんないよ～。あのさぁ、相手に聞こえてなかったら言ってないのと同じだよ～。だって伝わってないんだも～

ん」

　これを聞いた当時は、語尾を伸ばす癖が聞きなれていなくて、鬱陶しい頭の悪そうな話し方のわりになかなか鋭いところを突いてくることに反発し、内心で腹立たしいという印象を抱いていた。しかしその日の帰り道、普段であれば目に留まることもない古本屋が視界に入り込み、わたしは古本屋の入り口に吸い込まれるようにして入店した。そこでゆっくりと歩きながら本のタイトルを流し見していると『存在と認知』という文字がわたしの歩みを止めた。古本で安いこともあり、なんの迷いもなくそれを買った。帰宅後、わたしはその本を読み漁ったのだった。

「お待たせいたしました。アイスコーヒーです」

　目の前の相手を無視して思い出に耽っていると、店員がアイスコーヒーを持ってきたことに気付かず、声と同時に突然目の前に現れたように見えた。一瞬驚いて目を見開いたが、アイスコーヒーが届いたことで、すぐにいま考えていた不安が払拭されて安心した。少なくともわたしたちはこの店員には存在を認知されていた。互いに一口飲みテーブルに置く。わたしは困惑した。ブラックは好きではない。本当は砂糖もミルクも入れたかったが、通常の過ごし方をしていいのかどうかわからない未知の空気感が漂っていたので、とりあえず相手に合わせて行動した。聞きたいことはたくさんあったが、会話も相手からしてくるのを待ち続けた。アイスコーヒーを一口飲み、たっぷりと時間を使い少しだけ落ち着きを取り戻した。そして妹が生きていたことは素直に嬉しかったのと同時に、目の前の女性が妹に脅されてわたしに会いに来たというのが、頭から離れず引っかかっていた。それがなければ、もしかしたらわたしから話しかけていたかもしれない。いや、そうでなければそもそもわたしに接触してくることはなかったのか。とにかくここは状況が状況だけに接触してきた相手から話を切り込んでくるのを待った。

「私は小川玲菜といいます」

「あ、知っているとはおもいますが椋木美希です」

「ごめんなさい。何をどう話せばいいかわからなくて」

小川玲菜と名乗る女性がついに口火を切った。

「いえ、こちらこそ先ほどは急に取り乱してしまい申し訳ありませんでした」

小川さんは無言で首を横に振る。

「妹が生きていることがわかってつい……」

「私、あなたたちが姉妹ということしか聞いてなくて」

「えっと……脅されているというのは？」

「夫が人質に……」

小川さんはそういった直後に静かに涙を流した。現状でも十分過ぎるほど謎が多いのに、新たな謎が舞い込み、わたしは言葉に詰まってしまう。

「ど、どうして妹は小川さんにそのようなことを」

「実は私と妹さんは昔、一緒に暮らしていたことがあって」

「え⁉」

これまで閉ざされていた扉が鈍く重厚な音を立てて少しずつ開きはじめているような感じがした。それはでも、わたしが故意に閉ざしていたものではなかった。異常な幼少期から、一般的な生活を手に入れはじめて、それをすごく幸せに感じた。その幸せを育む生活を送るうちに、わたしの中の過去の不幸と現在の幸福のパワーバランスが入れ替わったのだろう。自然と過去の不幸を封印するかのように重い扉が閉ざされていた。みんなが歩んできた当たり前の生活を手に入れたわたしが、このまま幸せを感じながら生活をしていたら二度と開かれることのなかった扉だ。誰にも言っていなかった秘密。この過去から逃れることを許されない。幸せな生活を送る権利はないと告げられたようにもおもえた。いや、それは違うか。中学二年生から社会人三年目までの十一年間も幸せを味わったのだから。半ば諦めかけていた人生で十一年間も幸せだった。たしかにわたしに幸せは存在していた。今後の人生が幸か不幸かはわからないが、これはわたしの人生において必ず向き合わなければいけない問題だった。

「大丈夫ですか」

小川さんから声をかけられて自分の世界に浸っていたことに気付かされる。顔を上げ、窓ガラスに視線を向ける。そこに映ったのはいままでに見たことのない表情をしたわたしだった。

「あぁ、はい」

空返事なのが伝わったのか小川さんはわたしの様子を気にかけつつ話を再開させた。この人は強い人だと悟る。自分の夫が人質として捕らわれ、それを理由に脅されている。それでもこんなにも相手に気を配れるなんてわたしには到底無理だった。小川さんも心の中では焦っているのだろうがそんな様子は微塵も感じられない。その姿に感心し、それがわたしに冷静さを取り戻させてくれた気がする。

「とりあえず、話を聞かせてもらえますか」

これから聞く話に頭がついていける自信はなかった。しかし失踪した妹のその後と、かつて妹と一緒に暮らしていたことのある人をいまになってわたしのもとへ仕向けた理由。聞きたいことは山ほどあるが、その二点がこのときのわたしの思考を支配した。

「当時、小学生くらいのときのあなたの妹さんを私の彼氏が連れてきたの。それで一緒に暮らしたのよ」

わたしは小さく頷き、話の続きを促す。

「私もまだ若くて悪さをしていたというか、ロクでもない生活していてね……」

裏社会というやつだろうか。わたしの知らない世界に心拍数が急速に上昇していく。

「そのときは地元のネオン街の路地裏にあるプレハブ小屋に住んでいて、収入は主に汚いことで稼いで生活していたの」

汚いことがなんなのか気になったが、一旦聞き流した。

「ちょっと話しにくいから名前でいうわね。そのときの彼氏が安武力(やすたけりき)っていう名前で力って呼んでいたの」

「その方が妹を」

「ええ、街灯も灯っていないような雑居ビルの狭間で地べたに座り込んでいたらしいわ」

「それでなんで連れて帰ったのでしょう？　偏見ですが優しさとかではないですよね？」

　かなり失礼な物言いになったが、話を聞く限り小川さんの元カレが善人ではなさそうというわたしの思考を理解されたらしく、顔を綻ばせ軽く鼻で笑われた。

「すみません。元カレとはいえ、お付き合いされていた方に失礼なことを言ってしまって」

「いえ、風貌はチンピラで性格もやっていることもロクでもなかったですから。見た目も中身も行動も優しさとは真反対です」

　これまで話をしていてもそうだったが、わたしの失言をフォローしてくれて、小川さんは真人間におもえた。それなのになぜそんなガラの悪い人と付き合っていたのか不思議だった。

「年齢を重ねて丸くなっただけよ。私も当時は最低だったわ」

　じっと見つめるわたしの顔に考えていることが書かれているのかというほど察しの

いい答えが返ってきた。

「その日は儲けがいつもより弾んでいて、だからたまたまなのよ。珍しく上機嫌だったときに出会ったから」

「はぁ、なるほど。それからは？」

「最初はコミュニケーション取るのも大変だったわ。全然会話にならなくて」

「あぁ、あの子はおそらく人見知りとかもあるだろうけど、単純に人との接し方とかなにも知らないとおもうんです」

「あの子？　妹さんなのになんだか他人みたいね」

小川さんは目を丸くして聞いてきた。

「それはなんというか……幼少期の思い出しかないので。わたしの中ではなんだか自分だけ年を重ねているというか、妹はまだ記憶の中にいる小さい子のままなんです」

「うーん、そういうものなのかしらね」

小川さんはそういった直後、余計な部分に踏み込んでしまったと感じたのか気まずそうな顔をして俯いた。わたしは特に気にしてはいなかったが、それを伝えるのになんと声をかけるのが正解かわからず黙り込んでしまう。小川さんに罪悪感を二重に与えてしまった気がして申し訳なかったとおもう。わたしはこのとき嘘はついていないが、本当のことも言わなかった。自分でもなぜそうしたのかわからなかったが咄嗟に隠してしまった。沈黙に乗じてまた自分の世界に入り込みそうになったことに寸前で気付き、すぐに冷静なふりを装い姿勢を正す。すると目が合ってしまい、互いに反射的に顔を逸らす。それがさらに気まずさを増した。咄嗟に隠し事をしたこと。妹に対しての不自然な呼び方について指摘されたこと。その二つのことで、わたしの頭は混乱していた。少し沈黙が続いた間、一生懸命考えたところで声をかける正解の言葉の答えなど出なかった。当然と言えば当然だ。そもそも話の内容が特殊なのでこの会話に正解などなかったのだ。あまりの気まずさに耐えかねたわたしは、ひとこと声をかけて逃げるようにしてトイレに一時避難した。洗面所で鏡に映る自分を見つめること数十秒。バッグを持ってくるのを忘れたことに気付き、このままトイレに長居していたら不審におもわれると焦ってトイレを出た。もちろん小川さんはそんなことを気にする様子もなく自然に迎え入れてくれた。勝手に他人からの印象を意識し過ぎた自滅によりさらに焦りが込み上げて、何か言わなければとまた慌てふためく。

「いままで誰にも話せなかったことです」

一旦考えることをやめて深呼吸をすると、思いの丈をそのまま言葉にしていた。

「そうよね。ごめんなさい」

どうやら小川さんは深入りしたことを責められていると感じたようですぐに謝罪してきた。

「ちがうんです。小川さんのことを責めているわけではないです」

わたしが訂正すると、小川さんは顔を上げてなにが言いたいのかわからないといった表情だった。わたしはそのまま話を続ける。

「ずっとわたしだけの過去でした」

言葉の意味を正確に理解しているかどうかはわからなかったが、小川さんは相槌を打ちながら、聞き役に徹してくれる様子だった。

「わたしは幸いにも途中から学校に通うこともできて、親友と呼べる存在もできました。でも、妹に関することや幼少期の話は誰にも一度もしたことがありません」

アイスコーヒーを飲んで一旦話を区切る。グラスをテーブルに置くとグラスの中で絶妙なバランスを保って積み重なっていた氷がスライドしてカランと音を立てた。

「話したことがないというよりは、話せる相手がいなかったといった方が正確かもしれません」

　小川さんの顔を見ることができず意味もなくそのグラスを見つめたまま話を再開した。

「正直、つらかったです。小さい頃は『また会えたらいいな』くらいにしか考えてなかったですけど、成長すればするほど考えられることが増えて……でも、それで前に進めるわけでもなくて逆に苦しくなっていきました」

　言いたいことが伝わりにくいかもしれないが、話の順序は考えず言いたいことをそのまま声に出していく。開いた扉から淀んだ気持ちが解き放たれていくようだった。

「いまのこの状況はお互いあまりいい状況ではないとおもいます。それでもわたしはあなたの存在に感謝しています。妹の話を共有できるあなたに……」

　一方的に共有したいという強要かもしれない。とにかくありがたい存在だった。深く頭を下げるとようやく小川さんは口を開いた。

「じゃあ、踏み込んでもいいのかしら」

「はい。大丈夫です」

「あなたは学校に通っていたのね」

「はい。小学校五年生の頃から本格的に通いはじめました——」

それからお互い十七年前まで記憶を遡り当時の出来事を話した。妹はまず小川さんの彼氏である安武さんに拾われた後、しばらくは汚い仕事（犯罪とは知らないし、そもそも犯罪がなにかもわかっていないとおもう）をすることで、その対価として衣食住を提供してもらい一緒に暮らしていた。とはいっても当時は八歳（小川さんたちに実年齢はわからないので小学生くらいという認識）。できても安武さんが犯行をしやすくなる環境を整えるための囮（おとり）や誘導などあくまでも安武さんの犯行のために補助していたといった感じらしい。小川さんの記憶だとそんな生活は一年ほど続いたとのこと。こどもが一人で夜の街の路地裏で彷徨っていることから暮らしぶりはロクでもないことは想像できた。最初はお荷物でしかないと小川さんは言っていたという。案の定、知らないことの多さに苦戦し、物事を理解させるのに苦労したらしい。小川さんはそのことについて毎日のように文句を言っていたが、安武さんは「身寄りの居ないガキなんて使い方によっちゃ便利な道具だ」と言って手放さなかったという。その続きの話でわたしは顔を真っ青にした。一緒に暮らしはじめてもう少しで一年が経過しようとしていた頃、なにも知らなかった少女が自分を利用する安武さんとの生活で少しずつ知識を身につけていた。安武さんの話では、その頃から注意散漫になりがちで仕事中のミスが増えたという。当時のわたしたちには自覚はなかったけど、おじさんとわたしたち双子の三人で暮らしていたあれは軟禁状態だといえる。ただその頃のわたしたちには世間の常識もなにもなく、おじさんの言うことがすべてだった。だから家から出たことがないことや、みんなが通るはずの人生を歩んでこなかったことがおかしいと疑うことは一切なかった。そしておじさんとの生活が終わり、わたしたちはそれぞれの新しい人生を歩んだ。そこからわたしは施設暮らしが始まり学校に通った。

観たことのなかったテレビも見放題だったりで、体験するすべてが刺激的だった。だからきっと内容は違えども妹もそんな感じだったんだと勝手におもっていた。知識が増えていくことに楽しさを覚えたのだ。探求心や好奇心という原動力が最優先で働いてしまい、気になったこと以外はひとつも考えられなくなっていたのではないだろうか。すぐに自分の世界に入り込みがちなわたしには妹がそうだった気がしてならなかった。生きるために働くことも、働くためにいろんな知識を身につけることも、それが原因で仕事がこなせなくなり安武さんに見限られることも、避けられないことだったとおもう。八歳のこどもにして過酷な人生で、おじさんが死んだあのたった一日のわたしと妹の行動の違いでこんなにも違う人生を辿っていることに恐怖を感じた。結局、妹は注意力が欠けた日以降、一度も仕事をまともにこなせることはなく安武さんは妹を処分することにしたという。安武さんはとにかく金儲けのことを考えている人で処分といっても命を奪うわけではない。最後まで金のために利用するような人物らしい。安武さんが築き上げた人脈に関しては小川さんも知らないようで、そのことについて別に言及することはなかったというが、ある日の夜に、酒に溺れた安武さんはわたしの妹を処分するという話のついでにその処分先について語ったという。出会いや関係性はわからないが、安武さんにはとある小学校の校長先生である小宮山との繋がりがあった。この小宮山というのがまた相当な闇を抱えた人物だというのだ。

小宮山は幼少期から上級生や同級生からのいじめを受けており、その様子を下級生に見世物のように晒され恥をかいて生きてきた。ついには下級生からも馬鹿にされることがあり、頭に血が上った小宮山は激高したエネルギーをすべて暴力に変えた。我を失い暴力を振るっていた小宮山。気が付いたときには周りで泣き喚いている下級生が地べたに尻もちをついていた。小宮山は見下すように泣いている下級生を一人ひとり見回す。下級生たちが自分を恐れている様子がひしひしと伝わってきた。このとき小宮山は初めての快感に身を震わせた。これまで力で抑えつけられていた側だったのが、このとき自分より下の人間に対して力で抑えつける側を体験したことで小宮山の中で新しい扉が開かれた。その一件以来、小宮山へのいじめはなくなったが同時に孤立してしまう。友達もできたことがなく、時の経過とともに肉体的な成長だけを遂げていく。そんな小宮山にも成長に伴い当然のように性欲というものが備わっていった。しかし異性とのコミュニケーションは皆無。仲良くなることなど到底無理な話で、学生時代はストレス発散のためにいじめる側に徹した。しかし力任せにいじめることはすぐにできても、性欲の捌け口は見つからないままだった。そんな小宮山はあるひとつの答えを導き出す。高校からは知り合いの誰もいない学校に通い、優等生を演じて大学も卒業して教師の道に進んだ。それからというものの、立場と相手の弱みを利用して女児生徒を私利私欲のまま食い散らかしつつ、表では健全な教師を演じ続けてきた。教師になった当初から計画を練っていて、貯金も貯えていた小宮山はやがて校長になったのを機にネット上に女児掲示板をつくったという。これがまた癖のある掲示板で、表向きはネット上で他にもたくさんあるような盗撮画像やらいろいろと載せられている掲示板なのだが、この掲示板はその裏側での活動があるという。それは一言でいえば人身売買。売られた女児はそこで完全なる監禁状態で、想像を絶するような散々な目に遭うとのことだった。

安武さんや小宮山にそういったネットに関する知識はないものの、その技術を斡旋してくれる人物がいたというが、その人物についてはどれだけ酔っていても口を割ることはなかったと小川さんはいう。小川さんが知っているのはその小宮山という男に安武さんがわたしの妹を売って多額の報酬を受け取ろうとした日に安武さんが殺害されたというところまで。その日以降、わたしの妹と会うことはなかったとのことだった。その後の小川さんは、安武さん殺害の捜査による経緯にてこれまでの悪行が暴かれ逮捕されてしまう。ついでにいうと小宮山も捜査の延長線上で女児掲示板の存在が発覚し逮捕されている。結局、安武さん、小川さん、小宮山の罪は暴かれたものの、肝心の安武さん殺害の件は未だ犯人逮捕には至っておらず未解決事件となっている。もう危ない橋を渡る生活をやめようと決心した小川さんは出所後、身元引受人が居ないので蒲池自立会という更生保護施設に行き人生を再スタートさせた。そのときに小川さんは現在の夫（小川茂さん）と出会った。茂さんはその蒲池更生保護施設の職員である。最初は同姓であることを理由に話しかけてきて、それからはお節介に感じるほど至れり尽くせりの対応だった。だが逆にそれに小川さんは嫌気がさしていた。

自分がお世話になっておきながらこんな仕事のどこにそんなにやりがいを感じているのか甚だ疑問だったのだ。それでも日に日に茂さんの自分に対する仕事ぶりと他の施設利用者との対応の違いに気が付きはじめる。それから小川さんは徐々に茂さんを意識しはじめ、距離が縮まったり離れたりをいくらか繰り返す。施設を出るときには茂さんからプロポーズをされた。すぐに返事はできなかった。気持ちは完全に好意を抱いていたが、自分の過去に対する後ろめたさから二つ返事はできなかったと語る。もちろん、それも込みでプロポーズをしてくれていることは小川さんもわかっていた。それからずるずると交際期間だけが過ぎ、年齢を言い訳に二年前の夏に結婚を決めたらしい。それからは幻想を見てしまっているのではないかと、自分でも疑うほどに幸せな日常を送っていたというが、そんな幸せな家庭を築いた後に小川さんの足枷に重さが増してきたのだ。ネオン街に安武さんと妹の三人で暮らしていたときのことが足を引っ張り、大事件に現在は巻き込まれている。

結局、互いの過去を知っただけで、小川さんをわたしに接触させてきた妹の目的がわからない以上、話の展開は広がらずに解散することになった。それでも行方不明だった妹の十七年ぶりの登場に、ただ事ではない事態というのは肌感覚で感じ取った。そして小川さんと談話した四日後。事態は急変した。家のインターホンが鳴る。いつぶりかはわからなかった。宅配関係者すらもう何カ月も来ていない。正直、わたしは誰にも用がないのでくだらない営業か、はたまた怪しい宗教団体の信者勧誘だろうと根拠のない断定で無視をしていた。しかし呼び鈴は気味の悪い間隔で一度だけ鳴らされたり、二連続で鳴らされたり、または間延びしてゆっくり二度鳴らされるという不規則さでわたしをイライラさせた。そのしつこさに抱いた感情のまま勢いよくドアを開けると瞬時にマヌケな悲鳴が聞こえた。そこには二人の男がいた。立っていたのは若干サイズ感がスタイルに合っていない黒スーツを着た新人っぽい雰囲気を全身から放つ若い男性。もう一人は床に尻もちを突きながら顔を歪めてお腹を摩っているが、見た目からベテラン感を漂わせている焦げ茶色のスーツを着た太ったおじさん。

「どちら様？　なんの用ですか」

　わたしは特に謝罪もせず用件を聞いた。お腹辺りのワイシャツのボタンがいまにも弾け飛びそうな太ったおじさんが身分の提示をしてきた。わたしは不安に駆られた。太ったおじさんの方が柳武。細身の若いのが柿村。二人は警察手帳を出して刑事課第一課の刑事だと名乗ってきた。警察がなにをしにきたのか皆目見当もつかなかった。幼少期は喜んで毎日のように施設で観ていたテレビもこの頃はまったく観なくなっていたので、時事にも疎く近所でなにかあったのかと混乱した。しかしいまこうして手記を執筆している冷静な状態でいれば、小川さんの接触やわたしの妹の存在のことがあった直後なので、その件に関することだと推測はできただろうとおもう。当時はそんな思考にも至らないほどに頭が真っ白になったのが正直な心情だ。

「夜分遅くにすみません。椋木美希さんですね。単刀直入に言いますが、四日前の十一月十四日の火曜日、小川玲菜さんが遺体となって発見されました――」

　塞ぎ込んでからどれくらいの時間が経過したかわからない。気が付いたときには辺りは静まり返っており、ゆっくりと立ち上がってドアの小窓から外を覗く。もう刑事の二人は居なくなっていた。小川さんが殺害されている。その容疑者の筆頭がわたし。ざっくりまとめるとそんな感じの話だった。大きくあからさまなため息を吐き出し、部屋に戻ってベッドに雪崩れるように倒れこむ。そのままなにもかも放り出して眠りにつきたかった。しかし、当然こんな事態に眠れることもなく、ひたすらぼーっと天井を眺める。やがて瞬きのペースも間隔が長くなり、そのうち目を閉じることすら忘れて乾ききった目がしんどくなることで我に返るといったようなことを何度も繰り返す。無意識の中でも開いていた目で日が落ちて部屋が暗くなる様子はそれなりに把握していた。意識と無意識の狭間で時間の感覚だけ失い、天井を見つめている意識がありながら妹と暮らしていた過去を夢で見ていた不思議な状態に陥っていた。街灯の明かりがカーテンの隙間から微かに差し込んでいるが、辺りをはっきり視認するには難しいくらいに真っ暗になった頃、現状、いろいろと切羽詰まっていることを思い出し、むくりと起き上がる。小川さんのことを聞いてから嫌な汗をかき、体は火照っていた。とりあえず使えるものは使えるうちにとおもい、体が熱いのもあってか季節は冬だというのにクーラーをつけた。快適だった。しかし空腹によるしんどさが勝り、そのままの恰好でコンビニに食料を買いに行った。適当におにぎりを三つほど手に取りレジへと足を運ぶ。レジ横のホットスナックも注文した。八百五十四円という半端な金額を正確に払うのが面倒くさかったので、小銭は確認をせずに千円札で支払いを済ます。返されたおつりはズボンの右ポケットに雑に入れてコンビニを後にする。とにかくお腹が空いていたので帰路に就くわたしは家まで我慢ができず、歩きながら袋をその辺に破り捨て次々と頬張る。家とコンビニの距離はわずか五分ほどにもかかわらず、マンションの敷地内に入るときには完食していた。腹を満たしたことで多少なりとも冷静さを取り戻し、周囲の異変に気付く。見慣れない車がマンションから数十メートル離れた位置に停車していた。さすがに中の様子は見えなかった。不穏な気配を察知し、近づく気にもならなかった。さきほど刑事がわたしを訪ねてきたことから、これが刑事ドラマで見る張り込みというものかと勝手に決めつけた。もし見当違いなら問題はないし、もし予想が当たっているなら警戒する必要があるのでそう考えるのが賢明だと判断した。ここで引き返すと怪しまれてしまうので、わたしはその車を見過ごし、そのまま正面玄関からマンションに入っていく。心臓の鼓動が体中に響いている。胸がはち切れそうだった。エレベーターを待つが、その時間がいつもより何倍も長く感じる。後ろを振り向きたいが一切の怪しい動きは控え、いつも通りを心掛けた。エレベーターがやっと到着し、乗り込んで自分の部屋がある五階まで一気に上昇していく。いつもの歩幅、いつもの歩行速度を意識する。部屋の前まできたらポケットから鍵を取り出して部屋の鍵を開けて中に入る。玄関を開けた瞬間、隙間からひんやりとした冷気が漏れてわたしの脛をかすめる。部屋は完全に冷え切っていた。体が火照っていたときは快適にしてくれたこのクーラーの冷たさが、いまではわたしの不安を煽っているかのような嫌な冷たさに感じた。なんだか怖くなり、リビングの明かりをつけた後、クーラーを止めた。これからどうするかはまったく決まっていないが、いま言えるのはここにはもう居られないということ。電源をつけたままのスマホをテーブルの上に置き、部屋の明かりもつけたままマンションを出る。今度はエレベーターを使わずに、反対側の奥の通路にある非常階段で下りていく。取り越し苦労かもしれないが、足音には細心の注意を払って一段一段そっと下りていった。一階までくると念のためにロビーに誰も居ないかを確認。その後、どんなに頑張っても音のなる非常口の錆びたドアを開けてマンションの裏口から外に出る。わたしはこれまで住んできたマンションを後にした。それからは否が応でも自分の今後について考えてしまう。当然ここ数日の出来事からポジティブな思考が出てくることなどない。お先真っ暗とはこのことだと理解した。ところが、ここでわたしが導き出した答えはネガティブなものでもなかった。かといってポジティブなものでもない。どちらでもなく「もうどうでもいい」という結論に辿り着いていた。仕事を辞めて三カ月を過ぎた辺り。貯金は底を突いており所持金はだいたい三万二千円ほど。家賃や携帯代などの生活費はもちろん滞納。スマホもとっくに止められているため、電源はつくものの使い道はほぼないともったので、警察がＧＰＳでわたしの居場所を特定してきてもいいように部屋に置いてきた。わたしはもうここにいても意味はない。これまで所持してきた物はもう必要ない。残り少ないお金だけをポケットに入れたまま人通りの少なく街灯もない夜道を選んで暗闇に姿を紛れ込ませた。

3. 三つの殺人事件

わたしはいま、里美の家の前まで来ている。

外観はまったく違うのに豪邸の雰囲気が漂う一軒家を見るとなんだか鳥肌が立つ。いつの間にかおじさんの家での生活がトラウマになっていたのかもしれない。おもわず腕を交差させて両腕をさすった。自分でもこんな芝居じみた行為をするとはおもわなかった。この行為で震えも鳥肌も収まらないのでまったく意味がないことが判明した。

「これが里美の人生……か」

かつての友人が豪邸に住んでいるという事実と自身の現状を比較してしまい自然と言葉が漏れた。里美の住んでいる街はわりと裕福な家庭が多いことは知っていた。里美の夫はバリバリのエリートで活躍も目覚ましく、弁護士という職業柄正義の味方などともてはやされている。そんなどうでもいい情報を振り返りながらも余裕の無さは自覚していて、どこか心の片隅で焦っている。要因のひとつに警察に追われていることもあるが、いまはその状況で里美に会うことが一番の要因だ。自分から連絡を断っておいて、追い込まれたら都合よく頼る。わたしは最低な人間だ。でも、周りよりは辛い人生だったと信じている。みんなが親に愛され、友達と遊んでいた日々。わたしはなにも知らず、自覚がなかったとはいえ、家の中に軟禁されていたのだから。施設に移ってからだっていじめの被害にあった。だから、周りよりは自分勝手に生きて自分で幸福を掴もうとしたっていいじゃない……。不都合を都合のいいように利用していることは理解していた。いま考えることではないのに頭の中がぐちゃぐちゃで整理ができない。自分を自分で肯定すればするほど虚しくなっていった。余計なことを考えてしまわないようにするには行動するのがよいのだが、踏ん切りがつかず里美の家の前でうろちょろしては立ち止まることを繰り返す。このときのわたしを見た人は不審者と疑っても当然だろう。逆の立場ならわたしだって不審者だと疑う。ここまできたなら答えはひとつ。迷う余地もない。ただ恥をかく勇気を出せないでいるのだ。恥ならこれまで散々かいてきたというのに、こんなわたしにもまだプライドというものがあったことに苛立った。のんびりしている暇はない。この先どのような結果が待っていようとも、突き進むしかないのだから。そう頭では理解していながら一歩踏み出せずにもたもたしていると玄関の扉が開く音がする。

瞬時にわたしの体は硬直し、顔を上げて音がした方を向いた。家の中の明かりが漏れてくる。わたしの未来では描くことのできない景色な気がして直視することに抵抗感を覚えた。その眩しさにおもわず目を細める。ゆっくりとわたしに近付いてくる足音。その漏れてきた光がまるでレッドカーペットのようにわたしの足元まで伸びてくる。その上を歩いてくる相手が、どのような表情をしているか知ることが怖くて咄嗟に下を向く。一歩、また一歩と近付くたびにわたしの中の後ろめたさが増幅されていく。そして地面を凝視していたわたしの視界に白くて細い綺麗な脚、無駄におしゃれなサンダルから見える指先には光に照らされているからか、落ち着いた色ではあるがとても綺麗なマホガニー色のネイルが視界に入ってきた。

「顔を上げて、美希」

突然名前を呼ばれて、わたしの鼓動がバクバクと騒ぎ出す。

「娘が家の前にうろうろしている人がいるっていうから、見てみたらすぐにわかったわ」

「えっ？」

　さきほどまで抱いていた気まずさを忘れ、おもわず顔を上げてしまった。まともに互いの目が合い、わたしはどんな表情をしていたのか……よほど酷い顔をしていたのだろう。里美は吹き出し、大笑いする声が夜の住宅街に響き渡った。わたしはその豪快な笑い声をよく知っている。その懐かしさに込み上げてくる気持ちを抑えると、顔が歪んだのが自分でもわかった。

「とりあえず、中に入ってよ」

　自分の声が響いてまずいと察したのか、里美は少しばつが悪い様子でわたしを招いた。わたしは声を出すと一緒に涙も溢れ出そうだったので、無言で頷いて里美の家にお邪魔した。

　里美の家は、家具や電化製品、装飾品など、なにもかもがいちいち美しかった。再び過去のトラウマが蘇るが、このときは里美が目の前に居てくれたことでなんとか落ち着いていた。里美はわたしが黙っていることもお構いなしにずっと適当な雑談を続けてくれた。わたしは言われるがままリビングのソファに座る。やがて渋みのあるいい香りが漂い、里美がコーヒーを持ってきた。

「どうぞ……なんか、中学のときみたいだね」

感謝しようとした瞬間、里美がおもむろにそんなことを言うので口ごもってしまう。そんなわたしの様子を見て微笑しながら、「だってあのときも美希はずっと一人で黙っていて、私が話しかけてしばらくしてから、ようやく口を開いてくれたでしょ」と言う。

包み隠さず好き放題な物言いをしてくるところは相変わらずだった。里美の変わっていないそのひとつひとつの言動に、安心感すら覚える。ただ唯一、それもわたしの中ではもっとも印象が強かった語尾を伸ばす癖がなくなっていた。別に気にすることでもないけど、お金持ちと結婚するにはそれなりに上品さも持ち合わせないといけないのだろうか。本当になんだか安心している。こんなどうでもいいことを考えてしまっている余裕があり、焦りもなにもない。

本音をいうと里美の一番の特徴であった語尾を伸ばす癖がないのは寂しいものがあるが、あまりにも心地良いいまの感じが永遠に続いてほしいとおもえた。しかし当然のことながら、それは儚く散り去る希望でしかなかった。

「ねぇ美希。なんで音信不通になったの？」

「あ、うん。ごめんね」

「ううん、別に謝ってほしいわけじゃなくてさ……」

「……」

「だってほら、なにか理由がなければ音信不通になんかならないし、なにか理由がなければ、いま私に会いになんてこないでしょ」

そういわれた後、頬を伝う涙を感知して自分が泣いていることに気付く。わたしの人生は確かに壮絶といえる。これは過大評価ではなく事実であると自信を持っている。だからなのか、いままで考えたこともなかった。それをいつも言い訳に使って、自分のひねくれた思考回路を正当化していたことに。振り返ればいつもわたしの思考の基盤は「被害者」だったのかもしれない。でも、わたしが被害者だったのは幼少期に戸籍を与えられず軟禁されていたことくらいだ。あとはそれが事の発端となり事件が起きて施設で暮らすようになり、その施設でいじめを受けていたことくらいか。それにもかかわらずわたしはどれだけ時が経とうと、それらを理由に人生のすべてで被害者面をして自分を正当化してきた。それでも里美はそんなわたしと友達になってくれた。それだけではない。いまおもえば里美は一度もわたしを責めたことはないのではないだろうか。いまみたいにまず相手の事情を考え、理由を聞く。解決できることは解決するし、答えがわからないときは一緒に悩んでくれた。里美はいつだってわたし側に立って考えてくれていたのだ。わたしはそんなことにも気付くことはなく、お得意の被害者面で常に自分の意思しか尊重していなかった気がする。だから中学校で知り合ったとき、里美は自分が知りたいことは平気で聞くし、おもったことは包み隠さず、失礼極まりない言い方で聞いてくる、なんて自分勝手な考え方をしたのだろう。その後は友達としてたくさん関わってきたのに、どうしてその考えが覆らなかったのだろうか。里美はわたしなんかより、ずっとずっと大人であることに、なぜわたしは気付かなかったのだろう。このとき自分が幼稚であることを理解した。いままでの申し訳なさがどんどん膨れ上がった。両手で涙を拭い、拭き取った涙は服の裾に擦り付けて拭くとみるみる滲んでいった。

「里美、ごめん」

「え？　なになに、どうしたの？」

わたしは音信不通になった理由を正直に話した。里美や結花がそれぞれの道に進んでいくこと。なにも変わらず三人で会っていた日々がずっと続いてほしいと願っていたわたしには置いていかれた感じがしたこと。連絡を取って二人の話を聞くたびに幸せになっていく様子が、自分は捨てられたみたいで裏切られたように感じて勝手に落ち込んだこと。それらはすべて自分の過去の苦しみを盾にして正当化しようとした自分勝手な考えだったが、当時はそんなことに気付くこともなく、里美と結花を責め続けて自分は被害者だと信じて疑わなかったこと。当時の気持ちから、里美の家に招かれてからの気持ちの変化まで赤裸々に告白して再度謝罪をした。里美は幾度か頷き自身の中で納得したのか、次の疑問をぶつけてきた。

「で、私に会いに来た理由は？」

当たり前の流れにもかかわらず、わたしはそれを聞かれて面食らってしまう。里美はしっかりとわたしを見据えて視線を逸らさない。少したじろいだものの、わたしは生唾を飲み込み、決心して里美に現状を打ち明けようとした。

「ただいま」

男性の声が聞こえてわたしは反射的に背筋を張った。

「ごめん、旦那が帰ってきたみたい」

里美が申し訳なさそうな顔をして謝る。わたしが押し掛けたのに、こういう対応を取ることができる里美の人格と自身を比較してしまい自分が情けなくて仕方がなかった。それ以上、わたしが思考を巡らせる間もなくリビングのドアが開く。

「玄関に見慣れない靴あったけど、お客さん？」

ドアの開く音と同時に質問が飛ぶ。その声からは既に不満に溢れた声色が感じられた。

「おかえり。そうなの、中学からの同級生とたまたま会ってさ」

里美は嘘をついた。たまたま会ったのではなく、わたしが家の前をうろついていたのだ。

「ふーん、そうなんだ」

そう呟く声からは冷酷さを感じる。きっと怪訝な顔もしているのだろうが、わたしは表情を確かめる勇気もなく誤魔化すように頭を下げて挨拶をする。ボロボロとは言わないまでも薄汚れた安物の靴。だらしない部屋着だとまるわかりの服装。この街の、この住宅街の、この家の住民と接するに値しない存在。そう言われているようだった。わずかな沈黙の後、里美の夫は「シャワー浴びてくる」と言い残してリビングを出ていく。時間的にも当たり前のことで間接的に帰れと言われている気がした。問題があるのはわたしの方なのでおとなしく帰ることを里美に伝え玄関へ向かう。

「ちょっとまって」

嫌な予感がしたが立ち止まって振り返る。

「なに？」

「泊まっていけば？　久々に会ったんだし、もっと話そうよ」

「さすがに申し訳ないよ。里美にはいまは家庭があるんだから」

それらしいもっともな理由をつけて帰ろうとする。

「でも、そうしたらこれから美希はどうするの？」

まだ答えのない質問に困惑した。言葉が出てこない。いまはなにを言っても見事に返される気がして安易な発言ができなかった。

「ねぇ、泊まっていきなよ。まだ話してないこともあるでしょ」

「でも……」

里美が親切心で言ってくれていることはわかる。わかるからこその困惑だった。さきほど決心した意思はタイミングを阻まれたことであっけなくへし折られてしまった。

それに里美の家族からしたら、わたしの存在などいい迷惑だ。急に知らない人間が家に居座るなど、自分が逆の立場なら嫌だ。泊まっていいわけがない。だからわたしも泊まりたくはない。居心地が悪過ぎる。しかしここまでのやり取りから、里美がわたしになにかあることは勘付いている。そうなると簡単には引き下がらないだろう。どこまでも素晴らしい人格だとおもった。わたしが自分以外の気持ちを一切考慮せずにこの里美の優しさに全力で甘えて、すべてを打ち明けたら、もしかしたらなんとかなるのかなという考えが一瞬頭を過った。もし今日、里美と交わした会話でわたしの考えが変わらなかったらその手段を取っていた可能性も十分にあり得た。でも幸か不幸か、いまのわたしにはその選択肢は真っ先に消去された。最後に会えて、会話することができて、本当に良かった。だから最後に、里美に酷い仕打ちをして関係を断とうと決心する。これ以上迷惑をかけないために。

「じゃあさ……お金ちょうだいよ」

わたしの突然の申し出に、里美は目を丸くして驚いていた。あまりに予想外過ぎたのか、声は出ていなかった。構わずわたしは続ける。

「いますぐって、いくらまで用意できる？」

里美はなにも言わず悲しそうな表情を浮かべる。

「いまの全財産三万円くらいしかないし、お金ほしいんだよね」

　これまでにないほどに鼓動が体内に響き渡る。依然として悲しい表情のままの里美は無言のままリビングに姿を消した。さすがに軽蔑したのか、それなら望んだ通りなので問題ない。この隙に退出しようとおもったが、里美はほんの数秒で戻ってきた。

「はい」

　そういって差し出してきた右手には、ぱっと見では金額がわからないほどの万札が握られていたことに面食らった。さっきの悲しげな表情はなんだったのだろうか。

「さすがお金持ち！　ありがとう」

　里美は悲しげだがお金は持ってきたという状況に焦りつつも無理矢理明るく振る舞うが、きっとこのときのわたしの作り笑顔はとてつもなく下手くそだったろう。好都合なのは、里美が視線を左下に落としていたことだった。見られていなくて安心したのも束の間、流れでお金を受け取った瞬間、シャワーを浴び終えた里美の夫が出てきて目撃されてしまった。

「なに、どういう状況？」

　タオルを首にかけ、怪訝な表情でこちらに近付きながら聞いてくる。

「やっぱり泊まっていきなよ。明日もっとお金用意できるし」

里美は夫の質問を無視して、わたしに語りかけてくる。

「は？　どういうこと？　なに言ってんの」

至極当然の反応を見せる里美の夫だが、里美はそれを気にも留めなかった。わたしですら里美の奇行は訳がわからなかった。一体どういうつもりなのだろう。去り際にお金をよこせという人間にすら優しいなんて、いい人というレベルではない。

「とりあえずこれだけあれば大丈夫かな。もうここに用もないし帰るね」

最低な言葉を残して去る。だから嫌ってよ。もうわたしのことは心配しないで家族で幸せに暮らしてよ――。

自分が家の前をうろついていたことが原因なのに、里美に対して勝手に偽善的な気持ちを抱いた。受け取ったお金は正直、喉から手が出るほど欲しい。これから三万円であてもなく彷徨うなんて不安で仕方ない。でも、そういうわけにはいかない。嫌われて険悪なムードにすれば泊まらなくて済むとおもったけど、それでも里美は優しかった。作戦は失敗したわけだ。里美の優しさはお人好しの優しさではない。自分の考えを見透かされている気がした。里美の家を出た後は極力物音を立てないように受け取ったお金をポストへ入れて返す。ここを立ち去った後はどうしようか、思考を巡らせることに夢中になり、いつまでもポストの前で立ち止まってしまっていた。そこで聞くつもりのない言い争いが聞こえてきた。

「それは私がなに言われても引き下がらずに、泊まりなって言ったからだよ」

「それでなんで金をよこせって話になるんだよ‼」

　里美の声はなんとか聞こえてくる声量で、里美の夫ははっきりと聞こえるくらいの怒声だった。

「だから、美希はそんなことするような子じゃないのよ」

　互いが主張を曲げなかったのだろう。ヒートアップして声が徐々に大きくなり、外まで響いていることなど一切考えていない。互いが牽制しあっているのか、しばしの沈黙が流れた。わたしは大きいため息を漏らす。そして歩き出そうとした瞬間に家の中からガラス物のなにかが割れる音がしてわたしは驚いて体が固まってしまう。

「そんなことしないって、たったいましていただろ!!!」

　怒っている分、里美より迫力が増した怒鳴り声に身体が反応したわたしの左ひじが、ポストに勢いよくぶつかって音を響かせてしまう。里美の夫の怒鳴り声ほどではないが、そもそも外が静かなのでそれなりに響き渡る。直後、二人の言い争いの声も収まった。物音が聞こえたのかもしれない。わたしは慌ててその場を走り去った。あてもなくただひたすらに走り続けた。迷惑をかけたことをずっと里美に謝りながら。とはいえ、まともな運動もしていないわたしの体力はあっという間に底を突いて地面に座り込む。なかなか切れた息が整わず立ち上がる気にもならない。辺りを見渡すと特に人影もなかったので、気にせずその場に座り続けた。その間、さっき聞こえてきた里美と里美の夫の言い争いを思い出す。急にむせてしまい、わたしは自分が泣いていることに気が付く。息切れによる呼吸の乱れと鼻を啜るタイミングが噛み合わなくて苦しかったからだ。額の汗を手の甲で拭い、涙と鼻水は一気に掌で拭った。濡れた手を服の裾に擦り付ける。少しして最初から服で涙を拭えばよかったのにと、二度手間だったことに気が付く。そんなことが頭に浮かぶうちはまだ余裕があるのかわからないが、そのおかげで少し頭は冷静になった気がした。息が整った後もしばらく座り込んだまま時間を無駄に過ごす。そして思い浮かんだことが口から零れ落ちた。

「やっぱり、里美は全部わかっていたんだ……嫌われようとしていたのはバレバレだったかな」

ぽつり呟いたと同時に、涙が静かに乾いた頬をまた濡らした――。

疲れた。現在の時刻もわからない。たしか里美の旦那が帰ってきたときに、ちらっと時計を確認して夕飯時を過ぎていた気がする。でも、それが何時だったのか思い出せない。仮に思い出したところでいまのわたしが時間を把握したからといって、それは役に立たない。これからどうすればいいのか、というよりはなにができるのだろうか。いくら考えてもアイデアは出てこなかった。想像ができなかったので近い過去から振り返ることにした。里美を訪ねた理由は何だっけ？　あれ？　なんでこんなことしているんだっけ？　あぁ、そうだ。警察が家に来たんだった。なんで来たんだっけ？　たしか……小川さんが殺された件だ。警察の捜査はすごいと感心した。わたしは小川さんからの接触があり、喫茶店で話をしただけ。その数日後に誰かに殺された。だからわたしは容疑者の一人として警察がやってきたわけだ。どのような捜査をしたら数日で、わたしに辿り着くのだろう。そういえば小川さんを殺害したのは誰なのだろうか。記憶を辿ったところでこのあとどうすればいいのかわからないまま、とりあえず腰を上げてあてもなく歩きはじめた――。

小鳥の囀りで目が覚めて朝を迎える。昨晩、わたしは今後の行動を悩んだ挙句、なけなしのお金でラブホテルに泊まることにした。掛け布団を捲りながら起き上がり、眠気眼を擦りつつ、大きなベッドからだらだらと移動して洗面所で顔を洗う。タオルで顔を拭いた後、そのタオルを台の横に雑に投げる。テーブル上のリモコンを手にして再度ベッドに戻る。あまりの心地よさに、にやにやしつつ寝転がりながらテレビのスイッチをつけるとわたしは凍り付いた。いつ撮影されたのかわからないわたしの顔写真が大々的に向かって画面左側に表示されており、画面中央の女性キャスターがニュース原稿を読み上げている。小川玲菜さん殺害の容疑——逃走中——など、好き勝手な報道をされていた。実際、警察から逃げているけど……。しかも、物証なども揃っているとかなんとか。ワードは耳に入ってくるも、あまりの衝撃に脳内が埋め尽くされて一連の内容を完全には把握することができなかった。それでもわたしが小川さん殺害の犯人だと疑われているとわかれば十分だ。やはり逃げてよかった。わたしはやっていないのだから。小川さんとは喫茶店で話をしただけ。

わたしのところまで捜査が行きついたのはすごいことかもしれないが、結果は間違っている。警察にはもっとしっかり仕事してほしいものだ。ホテルのベッドの気持ちよさにこれまでの苦を忘れて心地よくなっていたが、報道によって現実に引き戻された。しかし目は覚めたものの、安定した生活を一時でも手に入れたことに安心感を覚えたのか、ニュースには驚いてもこの瞬間は気持ちがまだ軽かった。だがそれは本当に一瞬の出来事でしかなかった。報道にはまだ続きがあったのだ。わたしにやたらと話しかけてきたり、遊びに誘ってきたりしていた職場の元同僚である篠原も遺体で発見されたとのことだった。関連付けられている時点で当たり前なのだが、わたしが篠原と同僚なことはもう警察には判明していて、篠原の遺体近くにもわたしの所持品があり、犯行は確実だとおもわれている。さきほどのホテル暮らしによるいい気分など吹っ飛び、血の気が引いていく。このときからわたしは笑顔というものを失った気がする。わたしの知らないところでわたしが誰かに巻き込まれている。一般的な人生ではなかったとか、小学校は二年ほどしか行っていなかったとか、これまでにもさまざまな問題はあったものの、その後はわたしなりに尋常ではないほど努力したつもりだ。いままでは賢いとまでは言わないが、頭の悪い方ではないと自負している。小川さんから妹が生存していたという衝撃的な話を聞いているので、当然殺人事件に妹の存在が関係しているのではないかと脳内に過る。妹と篠原の接点がおもいつくはずもないが、一方で妹には小川さんとは過去に繋がりもあり、時を経て再会していることから可能性は大いにある。小川さんと篠原の事件は別件なのか……。もう訳がわからない。だが、この時点でひとつだけはっきり理解できていることがある。わたしはこのまま逃げ続ける生活をしていても――極端な話、百年逃げられたとしても容疑は晴れない。それではこれからどうするべきなのか。とても確率の低い可能性のひとつが頭に浮かび上がる。それは堂々と全力で捜査をしている警察ですらわたしを犯人だと誤認しているこの状況で捕まることなく逃げ続けて真犯人を特定することだ。これはできるかできないかの話ではなく、現状を打破するにはやるしかないことだ。やるしかないのだから仕方ない。今後のことを必死に考えた。とはいっても現状なにもわかっていないので、まず憶測を立てるところから始めなければならない。やはりここは小川さん殺害から考えるのが妥当だろう。小川さんが接触してきた理由は妹の指示だった。そこで失踪した妹が生きていたことを知る。さらにその小川さんと妹にはもともとの接点があった。これだけでも十分かとおもえるほど妹が関係していると疑えるだろう。なによりもっともな理由は警察の見解が間違っていることだ。

もし仮に妹が真犯人だった場合、わたしが容疑者筆頭になったことも頷ける。これはたぶん最悪のケースだが現状でもっとも濃厚な説だ。ただでさえ希望が薄いのに、真犯人の仮説を立てれば立てるほど自分が捕まらない可能性は削がれていき、極めて薄くなっていく。物思いに耽ると何度もため息を漏らしていた。突然電話のコールが鳴り、ベッドから飛びあがった。

　退出時間十分前の連絡だった。一時忘れていたが自分にはこちらの問題もあったのを思い出す。お金も住むところも人脈もなにもない。ポケットに手を入れる（そうだ……スマホもないんだった）と思い出す。

「これ、どうなの？　解決したとして今後楽しい人生を送れる？　もし無理ならもう死んだ方がよくない？」

　床の一点を見つめて自身に問いかけていた。自分の置かれている立場を把握すればするほど崖っぷちであることを思い知るからだ。真相に辿り着くには現場近くで調査する必要がある。しかし、それを主軸にするとあっさり捕まってしまう。どこでどうすればいいのだろうか。いっそのこと諦めて本当に犯罪でもなんでもやりたいように生きて捕まればいいか。どうせ捕まるならその方が少しでも楽しめ……いや、やっぱりやめておこう――混乱が収まらないわたしは途方に暮れつつラブホテルを後にした。

この後の行動をどうするか悩んではいたが、ラブホテルの前に一人で突っ立っているのもおかしな話なのでとりあえずあてもないまま歩き出す。

「そういえば、安武さんは殺害されたっていってたっけ」

なんの前触れもなく、ふと小川さんの発言が蘇る。

（あぁ、まったく考えもしなかったな。そうか……）

自分の思考回路を理解するのが難しかったが、なぜだかこのタイミングでおじさんの殺害が妹だという考察に至った。そういえば成人してからわたしは、幼少期の記憶について一度も考え直したことはなかった。ただ、おじさんが死んでいた。妹がいなくなった。そしてわたしは施設で暮らすことになった。この事実だけが記憶として残り、どう見ても自殺ではなかったおじさんを誰が殺したのか。妹は家でなにをしていてどういう成り行きで失踪してしまったのか。考えるという考えにすら至らなかったいままでのわたし。勉強ができるとかできないといった頭の善し悪しではない。わたしは根がポンコツなのだと気付く。真相に辿り着くためには十七年前のおじさんの殺害事件にまで遡らなくてはいけないのかもしれない。そうおもって踵を返した――。

　ここは実家と呼べるのだろうか。なんとなく記憶を辿るのと実際に現場に来てみて思い出すのではおぞましさが違い、これまでにないほど背筋に悪寒が走る。来てみたはいいものの中には入ることができるのだろうか。かつて暮らしていた家。十七年前から激しく様変わりしている外観。そこに豪邸という言葉はもう似つかわしくない。ただ広大な敷地に風化して廃墟と化したズタボロで大きい建物が聳え立っているといった感じだった。わたしは過去を振り返るわけでもなく、幼少期に住んでいた劣化した家を呑気に眺めていた。もう昼頃だろうか。我に返ってお腹が軽く空きはじめてきたことに気付く。外出している人の姿がちらほら確認できる。ここで明らかに誰も住んでいないだろうこの家の敷地に入っていき不審がられてしまうことを憚るわたしは不安と焦りが込み上げてくる。お金もたいして所持していない。どこで時間を消費すればいいのだろうか。既にニュースで容疑者として顔を晒されている。警察ばかりに気を取られている場合ではない。そこらで見かける一般市民にだって気をつけなくてはならない。他人の目に付く行動は一切やってはいけない。小細工かもしれないが、ラブホテルを退出する前のわずかな時間で長らく伸ばし続けていた髪の毛をバッサリ切った。そのときは個人的にはショートもいいなと一瞬浮かれていた。しかし、いまは隠れる部分が少なくなったことが怖くなってきた。それでもあえて素顔を晒すことを選んだ。これまで隠れていた輪郭が露わになっていることでだいぶ印象が変わっているのでこの判断はよかったとおもう。その効果もあってか、周囲にいる人の視線は感じられず、わたしが世間を賑わせている（本当はわたしが賑わせているわけではない）椋木美希とは誰も気付いていないようだった。これならば目立つ行動さえ控えればある程度は行動の幅を広げられそうだと考えた。とはいえ取るべき最善手が考えつかず、一旦そのまま正門を素通りして思考を巡らせる。わたしがここに住んでいた頃、外出したのは一度きり。あの忌ま忌ましい事件が起きた日のみ。外のことも知らなかったが家の中でも決まった部屋と部屋を決められた通路を通って往復しているだけだった。つまりこの家の構造もよく把握しておらず、裏口などがあるのかどうか確認したかった。老朽化したかつての豪邸の周りをうろつく行為はあまりに目立ってしまう。やはり夜になってから訪れて侵入するのがいい。それまでどこでなにをして時間を潰すか考える。気付かれる様子はないとはいえぶらぶら散歩できるほどの安心はない。しかしお金もない。空腹は時間の経過とともに増大していく。目立たずに夜まで待つのみ。それにしても心身共に酷く疲れた。こんなに四六時中脳をフル回転させたことなんてこれまでの人生にない経験。頭がパンクしてしまいそうだった。さらに増していく空腹のせいか、集中力と思考力が奪われていく。スマホがないと不便だということを実感した。時間もわからない。調べることもできない。すべて自分の頭脳で解決しなければならないなか、その脳もろくに機能してくれない。外にいる時間はそわそわして落ち着かなかった。それが余計に怪しく見えるのではないかと疑心暗鬼に陥る負のスパイラルをつくりだす。自分の立場をネガティブに考えてしまい、思考も行動も過剰防衛になってしまっている気もするが、それくらいの心持ちでいる方がいいと肯定する自分もいた。デパートや公園、ありとあらゆる公共の場は避けた。そういった立ち寄れない場所の付近を通るときは俯きながら歩き続けた。周囲の様子を確認しようと少しだけ顔を上げる。地元と呼べるのかわからないこの街の建物はどれもこれも懐かしさの欠片もない。もしかしたら十七年も経って様変わりしているのかもしれないが、一度しか外出したことがないのでわからない。そんなことを考えながら歩を進めていると、雑居ビルの看板に「ネットカフェ」の文字を見つける。迷うことなくビルの中に入っていく。一階はカラオケ屋が入っており、二階はテナントを募集している。三階と四階にネットカフェが入っており、五階はファミレスだった。エレベーターで三階まで上がって受付を済ませた。イメージはあったが利用したことがないのでその安さに驚いた。いまのわたしにとってはとてもありがたかった。受付に備わっている掛け時計を確認すると十二時四十六分だった。腹時計もなかなか使えるものだと空腹具合に感心しつつ、今回たまたま合っていただけかもしれないと考え直す。パック料金が三時間ごとだったので、できるだけ夜遅くに出たいが深夜に退店するのも不自然な気がしたため、とりあえず九時間パックで二十二時近くまで居座ることにした。それに今後どのように行動するかなども含めて調べるべきことは山ほどある。時間はたっぷりあった方がよかった。さっそく指定の部屋に入るとやはり一度ゆったりしたいとおもってしまった。リクライニングチェアに座り、背もたれに体重を預けて目を瞑る。はじめは周囲の微かな雑音が気になったが次第にどうでもよくなってくる。むしろ静寂ではないことが心地いいとさえおもえてきて、そのまま寝てしまいそうになった。そんな気持ちよくなれそうな状態を隣のブースから聞こえた食器を落とす音が妨害する。疲労を感じさせないほどの俊敏さで飛び起きた。「ちっ」という舌打ちが聞こえた。声質から自分と同年代くらいの若い女性だとおもった。一息ついて再び目を閉じて背もたれに体重を預けた——。

目の前は一面真っ暗。その中から小さな光が徐々に拡大されていき、幼少期の妹が血まみれで包丁を持って立ち尽くしていた。

またしても反射的に飛び起きて目を見開く。心臓の鼓動が体内で響き全身に伝わる。動悸が激しく、全力疾走したときのように呼吸が荒い。不安や恐怖に煽られている精神状態からなんとか落ち着くように努めた。わたしは今後、安心して休息を取ることも許されないのかと、これからのことを考えて絶望する。入室前に持ってきていた麦茶を一気に飲み干し、息を整えるよう心掛けた。薄暗い空間とはいえ周囲を気にしつつドリンクを取りにいく。戻ってきてから深呼吸をした。まずは三つの殺人事件についての記事を調べて事件の内容をしっかり把握するところからはじめた。まずはおじさん（椋木寛治）が殺された事件について。いままでこのことについて調べたことがなかった。忘れていたわけではないが負の意識を消すためにも、わざわざ思い出すようなタイミングもなかったからだと自身に言い聞かせて、改めて記事に意識を戻して情報をまとめた。

二〇〇〇年十月十四日（土）
〈近隣住民から強烈な異臭がするという通報があり、警察が駆けつけたところ発生源とおもわれる〇〇市〇〇町〇丁目椋木邸のリビングにて、自営業の男性、椋木寛治氏（当時五十六歳）の遺体を発見。警察の調べによると遺体は既に腐敗が進んでおり、死後四～五日ほど経過しているとのこと。なお頭部には鈍器で殴打された痕があり、体には執拗に刺された痕があったことから怨恨による殺害の可能性が高いとみられている。警察は現場には大量の血だまりの中に、微量ながら精液も検出されていることから男女間のもつれが原因で起きた可能性もあるとの見解を示した。被害者は八歳のこどもと二人暮らし。近隣住民からは近所付き合いなどは特になく、交友関係などについても不明だといわれている。〉

この事件は十七年という長い月日が経ったいまでも未解決のままだ。おじさんは基本的に外出をしない。仕事は在宅で済ますことができたし生活用品なんかはすべてネット注文。食事に関しては毎日おじさんが作ってくれていたが、なぜだか料理に使う食材を買い行く姿など一度も見たことがなかった。わたしがおじさんの外出をする姿を見るのは、週に一回か二回。時間にしてわずか三秒ほど。玄関の扉を開けてわざとらしくガサっと大きな音を立ててビニール袋を拾い上げて戻ってくる。これが唯一外出するおじさんを見る瞬間で、外出といえるのかどうかも怪しいものである。そのビニール袋の中には大量の食材が入っていた。おじさんは料理が上手だった記憶がある。少なくとも施設で出されるごはんよりは断然おいしかった。いや、思い出す記憶はここではない。一体、どこの誰が大量の食材を持ってきていたのか……。わたしの仮説ではおじさんはわたしの妹を性的な目的で襲った。それが現場の血だまりの中に精液が混ざっていた理由。おじさんに犯された妹の必死な抵抗により、勢い余っておじさんを殺害。そして妹は失踪した。ほどなくしてわたしが帰宅し、死んでいるおじさんを発見といった流れだろうか。想像するだけで気持ちが悪い。世間から見た異常がわたしたちの世界の常識だった。おじさんに支配されていた世界から脱したわたしは、それまでの日常が異常だったことを理解し、おじさんが死んだことへの悲しみは微塵もなかった。ただ、八歳で刺し傷だらけの遺体を目撃したことが原因で、恐怖がわたしの人生に纏わりついた。もしかしたらわたしが里美や結花に縋っていたのもこれが関係しているのかもしれない。思い返せば会社の人間など、どうしても接しなければいけない事情を除いてわたしは男性と関わったことがない。特別意識したことはなかったのだが、過去の出来事がきっかけに無意識で避けていたのだろう。わたしの仮説が正しかったとして、やはり謎なのは家に食材を持ってくる人物だ。この人を探し出すことができれば真相に近づくことができるかもしれない。一体どうやって探し出すかだが、いくら頭をひねっても思い浮かばない。ここは一旦、次の事件に頭を切り替えることにした。

二〇一七年十一月十四日（火）

〈小川玲菜さん（当時四十二歳）が〇〇市〇〇町〇丁目の自宅庭先で倒れているのが発見された。第一発見者は犬の散歩をしていたという近所の女性。飼っていた犬が突然吠え出して小川さん宅の敷地に執拗に入ろうとしていたのを飼い主の女性が不審におもい、玄関前まで行くと、向かって左側の庭先で倒れているのを発見して通報。遺体の状態から死後五～八時間程度といわれており、現場付近にて不審な人物を見かけなかったかなど近隣への聞き込みをしているとのこと。同時に夫の茂さん（当時四十四歳）の行方が分かっておらず、事件に巻き込まれている被害者の可能性と夫婦間の

トラブルが原因の加害者である可能性を併せて捜査しているとのこと。〉

正解は前者だ。小川さんの夫は人質として事件に巻き込まれた被害者である。犯人はわたしの妹。そして容疑者はわたし。この記事の後にわたしが容疑者であることを述べている記事がすぐに出る。理由は単純でわたしの所有物が犯行現場に落ちていたからだ。それは以前、わたしの家にきた刑事から聞いていた。見ても気分が悪いだけなのでその記事はスクロールして飛ばした。あまりにも拾える要素が少ないので憶測が占める割合が多くなるが、妹が小川さんと再会したのは偶然。だから犯行をおもいついたのも咄嗟の判断だったのだろう。それにしては優秀な案をおもいついたものだ。小川さんの夫を人質に取ったのは小川さんを意のままに操るため。では、なぜ小川さんを操ってわたしのもとへ仕向けたのか。おそらく妹はこれまた偶然か、はたまた他になにかきっかけがあったのか小川さんと会う前にわたしの存在を確認していたのだろう。しかしここでも疑問が浮かび上がる。わたしを見つけた妹はそのときに、なにをおもいついたのかということ。わたしを見つけたのならそのときに、わたしに直接コンタクトを取ればよかったのではないのか。

「わたしたちは双子なのに、あなたがなにを考えているのかさっぱりわからないよ」
率直な気持ちが口を衝いてでる。妹の計画は一体、なにが目的なのだろうか。そして、小川さんの夫はきっと妹に殺害されている。小川さんを殺害した以上、旦那さんを生かしておく理由はない。続いて篠原の事件に関する記事に目を向ける。

二〇一七年十一月十九日（日）

〈会社員の男性、篠原岳彦氏（当時二十八歳）が、建設途中のまま放置されている〇〇市〇〇町〇丁目の廃墟にて遺体として発見された。その廃墟というのは五十八年前の一九六四年、オリンピックの開催地となったことで海外からの観光客を想定してホテルの建設を予定していたが、データ改ざんによる手抜き工事が発覚し、完成間近というところで建設中止となった。オリンピックに向けての投資ということもあり、費用が莫大な金額だったこともあってその後は土地と建物の所有権がうやむやにされ、手付かずのまま放置された。時を経て廃墟と化したため敷地内に人の出入り自体滅多に見られないのだが、過去に薬物の売買スポットとして利用されていたこともあった。つまり一般人の出入りはない場所なのである。界隈では貴重な穴場スポットを薬物の売人が自ら失うような行為はご法度であるのと、遺体近くにはMの文字が刻まれたペンダントが落ちていて被害者のイニシャルではないことから、警察は売人とのトラブルの可能性は低いとみており、被害者の交友関係の調査を進める捜査方針をとっているとのこと。〉

十中八九遺体近くに落ちていたペンダントはわたしが篠原から無理矢理渡されたやつだろう。篠原が誰彼構わずペンダントを渡していなければ。無理矢理渡されたペンダントはいまわたしの手元にない。ないどころか、現場に落ちているペンダントがわたしに渡したものであれば篠原のもとに戻っていることになる。となると篠原のもとに戻っている理由として考えられるパターンは限りなく少ない。というよりは、わたしにはひとつしか考えられなかった。わたしからペンダントを盗めるのは小川さんか里美しかいない。篠原にペンダントを渡された後にわたしに接触して長時間一緒にいたのはこの二人だけだからだ。さらには里美と会ったときのわたしは残りわずかの全財産をポケットに入れて家を飛び出している。すべてが必要ないものと判断していたので、当然バッグも持っていなかったのだ。そうするともはや考えられるストーリーは一択。喫茶店でわたしがトイレに行っている間に小川さんはわたしのバッグを物色してペンダントを抜き取った。その理由も一番しっくりくるのは妹の指示であるというパターン。妹がわたしと小川さんと篠原の三人をどのタイミングでどの順番で見つけたのかは不明だが、わたしたち三名との関わりをきっかけに計画を企てている気がする。小川さんと十七年ぶりの再会をきっかけに雑談する流れから小川さんがいまは結婚しているという情報を得て、夫を人質にすることで小川さんを操り人形にした。そして、わたしをどこで見つけたのか、さらに篠原とどこで繋がったかの二点はわからないが小川さんにわたしと接触させた。そこでわたしの私物を盗むよう指示を出した。それが済めば解散して小川さんは妹に盗んだ物を渡す。おそらくそこまでで小川さんの役目は終えて殺害された。次に妹は篠原と再び接触して殺害した後、小川さんから受け取ったペンダントを遺体のそばに置いた。目的はわたしを殺人の容疑者にするためだろうが、そうする目的はまったくわからない。というより、篠原は問答無用で殺されたのか。それとも既に小川さんのように操り人形としてわたしにペンダントを渡すこと自体が計画の一部だったのか。とすると入社以来、篠原がわたしに執拗に話しかけてきたのも計画か？　いや、それにしては時が経ち過ぎている。時系列の可能性を考えはじめると、ますます訳がわからなくなり収拾がつかなくなった。さらに不可解な点を挙げるとするならば、妹は八歳で失踪してまともな教育も受けておらずコミュニケーション能力もない。小川さんの話によれば会話も難しかったという妹。十七年という長い年月が経過しているとはいえ、かなり頭がキレる人物へと成長している。それに関しては不可能な話ではないが違和感は拭えない。わたしの知らない妹の十七年間はどのような人生だったのか。

「それにしても、未解決の事件がこんなに多いだなんて意外だったたな」

目的の事件を調べ終えた後に素朴な疑問が口から漏れた。三件とも名前を知っていたから簡単に見つけ出すことができたが、関連記事としてさまざまな未解決事件が一覧として表示されていたのだ。画面をスクロールしながら流し読みしていると、ひとつの記事が目に留まった。家の中に遺体が二つあるがその二人は知人ではない。赤の他人が同室で遺体となっており、第三者に殺害されているという事件だ。

二〇〇二年四月二十七日（金）

〈腰山雫（当時二十六歳）ＯＬと滝川湯治（当時三十四歳）無職が、〇〇町にある腰山家のリビングで対面する状態で倒れていた。〇〇町は田園風景が広がる田舎町で、隣家ですら歩いて五分ほどかかる距離がある。両者刺殺とのこと。腰山雫の無断欠勤に音信不通が一週間続き、状況を不審に感じた腰山雫の勤務先同僚が警察に通報。警察が腰山家にて二名の遺体を発見。二人とも正面から刺されており、現場には傷口と一致する出刃包丁が落ちていた。両者の指紋は検出されず第三者による犯行だとおもわれる。また、腰山雫と滝川湯治に面識や関係性があったかどうか含めて、事件の背景がわからず捜査は難航している。〉

不可解な事件はいくつもあった。未解決事件とは、「もっと容疑者に完璧なアリバイがあって犯行が断定できない。では誰が犯人なのか」みたいなものを想像していた。実際は全然違った。未解決事件の数の多さと内容の不可解さに驚いた。わたしが調べている三つの事件も、世の中的には存在していないとされている妹の犯行なので、そういう意味ではこの事件もわたしがいま目にした事件の記事と似ているところがあるとおもった。

「……目がしょぼしょぼする」

目に疲れを感じはじめたがもうひと踏ん張りしようと、考えつく疑問を一通り調べた。最後に紙にまとめた調べた内容を確認して資料として購入したファイルに収めた（筆記用具と紙とファイルは調べ物をする前に近くのコンビニで買ってきた）。時刻を確認するとまだ時間は余っていたので残り時間は無理にでも休む努力をした。今度は不安や恐怖に襲われることなく休息を取れたので安心した。精神的問題なのかもわからなければ対処法も判明しないので、それについては深く考えないことにした。二十二時ちょうどに店を出て周辺の状況を確認。街中でも人が疎らな感じだったので住宅街はもっと人が少ないだろうとおもい作戦を決行する。他にいい選択肢などおもい浮かばないなかで、不安からネガティブになり失敗した時のシミュレーションばかりが脳内で繰り返される。まったく意味のない若干の遠回りをしながら再び目的地の実家へ向かった。

予想通り人通りはほとんどなく、家の外周を回って再度周辺の様子を窺う。正門の真反対の位置に裏口を見つける。正門の鉄の扉が錆びきっていて開ける時に耳障りな音が出るのが嫌だったので、裏口の木の扉から入ろうとした。静かな住宅街に古びて腐りかけの木の扉が軋む音を響かせた。容易に推測できそうな木の軋む音を考慮しなかった自分に呆れながらも、いまさら中断しても仕方ないのでそそくさと中に入っていく。わたしが余計な意識をしてしまっているのか、敷地に足を踏み入れた瞬間、独特な雰囲気を感じた。それでも敷地内に入ってしまえば周りの目を気にする必要はないと心の中で自分に言い聞かせる。都合のいいことに廃墟と化した家は簡単に中へと入ることができた。家の中に入ってまず視界が捉えた通路はわたしの記憶になかった。通路を進むと左右に扉があり、先には階段があった。おそらくこの無駄に広い家の八割近くをわたしは知らない。基本的にはこども部屋とリビングの往復。他の部屋がなんの部屋か知らないし、二階三階がどうなっているのか見当もつかない。片っ端から探っていくか、記憶のある部屋から調べていくか一瞬悩んだが明確な探し物があるわけでもないし、いまいる場所からこども部屋やリビングのある場所への道のりもわからないので、目についた部屋から見ていくことにした。大きいだけあって家にある部屋の三分の一ほど調べただろうという時点で少し外が明るくなってきた。これといって気になるものは見つからず、泥棒が金目のものを探すときのように各部屋をただ荒らしただけだった。あと二、三部屋を漁ったら休憩しようと気持ちを入れ直して再度調査をする。その最後の部屋を調べ終えたタイミングで窓から強い光が差し込む。あまりの眩しさに目を細めながら手を翳して光を遮る。鳥の囀りがちらほら聞こえてきた。疲労も相まってか、外の情景にわたしの張りつめていた気が抜けた。その場に座り込み一息つく。この後朝の時間帯の外は人通りが多くなる。わたしはどこかに行く当てはない。もともと住んでいたときにおじさんが殺害された家なので不気味ではあるが、夜中とは違い日の光が入ったことで恐怖心は薄らいでいた。考えるのも疲れてお腹も空いてきた。わたしは荒らしに荒らしたその部屋に寝転んだ。なにか物音が聞こえたようにもおもえたが、部屋を荒らしていたため、なにか物が落ちたりしたのだろうと気にも留めなかった。

「――た？」

少しして女性の声が聞こえた気がしたが、睡魔に襲われて意識が薄れていくなかで眠気に抵抗する力は残っておらず、そのまま目を閉じて深い眠りについた。

わたしはきっと夢を見ていた。内容は思い出せないが。しかし夢とは別になにかが頭の片隅に残っていた。わたしに囁いているのか、それとも遠くから声が聞こえているのか、とりあえず女性の声だったことは確かだ。その声の正体と内容がどうしても気になったが、いくら考えても時間の経過によって記憶が薄れていくだけだった。眠りにつく前に聞こえた気がした声と同一人物かどうかももはやわからない。こんなことを考えてたのは起きてからかなりの時間が経ってからだった。なぜなら目が覚めてからすぐに違和感を抱いたから。まずは寝たときの部屋と景色が違うことだ。そしてなにより体の自由が利かない。わたしは両手足を拘束されていた。

「こども部屋だ……」

見渡せる限り視線を動かして得た情報から昔見た光景と記憶が徐々に蘇る。

「誰かいるんでしょ」

返事はない。物音ひとつしない。聞こえていないのか、聞こえていて無視しているのか。どうしようもないのでひたすら待つことにした。これも慣れというものなのか、いちいち起きる衝撃的な出来事に驚くことに疲れてしまったのか、こんな状況にもかかわらずわたしはそれなりに冷静さを保っていた。

部屋の中が夕焼け空の赤色に染まりはじめた時間帯。焦らすようにゆっくりとドアが開いた。現れたのは不敵な笑みを浮かべた知らない男だった。銀縁眼鏡をかけているその顔をまじまじと見る。中年といった感じだろうか。しかし、そのわりにはスタイルは細身。所謂中年太りというものとは程遠い見事な体型をキープしている。スーツなんかも皺ひとつない。この男に抱いた第一印象はインテリだった。拘束されているため、自分の仲間ではないことだけはわかっていた。それだけに頭のよさそうな見た目に物怖じしてしまった。ただ完璧な人間などこの世にはいない。人は圧倒的有利な立場にいるときこそ、油断をするものだ――。

わたしは全神経を男の言動にたいして研ぎ澄ませた。このときほんの少しの時間だが、とてつもなく冴えていた。その甲斐あってか、最初のやり取りでいきなり男の失言に気が付いた。

「へぇ～、君が美希ちゃんか」

「あなたは何者？　誰からわたしのことを聞いたの？」

少し間を開けてから男に問う。男の眉がピクリと反応した。

「これは失言でしたね。しかし、あなたのことはずっと前から知っていますよ」

本当にあっという間、わたしが全神経を研ぎ澄ました集中力は最初のやり取りで力尽きた。訳がわからなかった。わたしはこの男を見たことはない。それにこの男だって、いまさっきわたしのことを初めて見たような反応だったのに。誰かから聞いて存在だけは知っていたというわけではないようだ。

「あなたの言動も目的もさっぱりわかんないわ」

「まあ、ちょっとした悪ふざけですよ」

「は？　悪ふざけでこんなことする大人が何処にいるっていうの？」

「いやいや、違います。拘束していることではなく、あなたの質問にちゃんと答えていないことが悪ふざけです」


「なにがしたいか全然わからない」

「まあ、あなたに理解してもらう必要はないのですが……そうですね」

　腕組みをして右手を顎に添えながら少し考え込むような素振りを見せた男は、その後ニヤリと口角を上げてわたしを見てきた。

「あなたは本当に可哀想な存在なので、役者が全員揃うまえに真実をお伝えしてもいいのですが……」

「役者？　一体なんのこと」

「まだこちらに来させるには期間があるので……そうですね。まずは自己紹介からしましょう。私は毒島孝則と申します」

「毒島……」

どこかで聞いたことがあるようなないような、しかし珍しい名前だ。施設生活のときに観たドラマに出てきた人物の名前かなにかだろうか。過去に遡ったが思い出せなかった。

「当時はまだ小学生くらいでしたよね」

不敵な笑みを浮かべたまま毒島はいう。

「え？」

「もうあなたたちの過去について知っているのは私だけになりました」

「へっ……？」

理解が追い付かず、素っ頓狂な声ばかりが漏れた。毒島が次々と言葉を吐くのにたいして理解が深まるどころか、謎が謎を呼ぶ展開となっていった。なぜそれらの内容を知っているのか、ひとつひとつ問い質すべく口を開こうとした瞬間、重いパンチをもらったかのように脳がぐらぐら揺れる感覚に陥る。

「――つまりあなたは、妹さんのスケープゴートになるというわけです」

毒島の話を一方的に聞かされたわたしは、緊迫した空気感に負けないように最初は虚勢を張っていたが、「妹」というワードを聞いて張りつめた糸がプツンと切れてしまったかのような脱力感に襲われた。そんなわたしをよそに毒島は淡々と三つの殺人事件の真実についての話を続けていったがそれらは右耳から左耳へと通り抜け、妹のスケープゴートになるという発言だけを覚えて意識を失った。

4．夢の中のみらい

　今日が何月何日なのかわからない。部屋は暖房が効いていて暖かいので季節は冬だろう。拘束され続けた体は悲鳴を上げ最初は苦痛だった。しかし、捕まった日以降はすぐに拘束の形態は変わり、両手足をがちがちに縛られていた状態から、五〇センチほどの長さがあるチェーンで両手足と椅子が繋がれているやや緩い状態になった。それによってわずかながら動くことが可能になっている。なぜわたしは生かされ続けて拘束されているのか。毒島の目的は何なのか。監禁されていること以外はそれなりに一般的な扱いを受けていた。だから、余計に訳がわからなくなる。すべてを疑っていた頃は与えられた食事すら疑い口にしなかった。だが餓死するわけにもいかず、空腹に対する我慢の限界を迎えて貪りついた。冷静ないまなら、わざわざ拘束して生かしておいて毒殺などというそんな回りくどい方法で殺さないだろうとすぐに気付ける。ただその先の目的がいくら頭をひねっても謎のまま迷宮入りしていた。それからさらに数日が経過したある日、わたしの大好物であるグラタンが出てきた。実は前日に毒島にリクエストを聞かれて、試しに好きなものを答えたら本当に出てきたのだ。そして毒島は料理が上手だった。

「はぁ、ちゃんとおいしい」

こちらの望みを叶えることなど、これまでに一度だってなかったので一応は疑ったが、ただのおいしいグラタンに意図せず感想が出る。それと同時に部屋のドアが開いた。

「それは良かったです」

笑顔で毒島が部屋に入ってくる。脇に抱える形で左手にはファイルを持っていた。

「タイミングわる」

羞恥心に耐えきれずそっぽを向きながら吐き捨てた後、グラスに入っていた水を一気に飲み干す。完全に感覚がバグっているとは理解していた。これまでの長期間の苦痛から解放され、ただおいしい食事を提供されている生活に安心感を覚えていた。毒島に心を許すわけもなく自分がどうなってしまうのか不安もあったが、それでもあまりにも時間が経ち過ぎてどうしても気が緩む時間が増えていった。明らかにおかしな状況であるにもかかわらず、少しの喜びで耐えつつ、常に抱いている不満と戦う日々。まるでブラック企業で働く従業員のような存在と化していた。

「あなたのいろんな表情を見るたびにおもいます」

意味がわからなくて呆けてしまう。

「つくづく似ていますね。あなたたちは」

触れたいようで触れたくない部分。なんて言葉を発したらいいのか迷っていた。一方、毒島も神妙な面持ちで黙り込む。わたしは視線だけが目まぐるしく動き回った。

「せっかくリクエストしたグラタンです。そんな難しい顔をしていないで、おいしく食べてください」

「わたしもそろそろってことね」

澄ました顔でわかった風なことを言ってみた。

「無駄ですよ。あなたの今後について話すつもりはありません」

いとも簡単に見透かされてしまい恥ずかしかった。毒島はわたしと接するとき、常に優しい口調で、優しい表情を保っている。それはいまも変わらないが、直感でなにかを察知した。その結果、焦ってしまったのがミスとして出てしまったのだ。はやとちりした自分に腹が立った。先の見えない不安とミスをした負い目に焦りだけが募っていく。もはや正しい選択肢なんてわかるわけがない。できるだけ毒島と話して、なにか情報を得るしかないとひたすら焦る。

「妹に会わせてよ」

「その必要はありません」

「妹に話があるの」

「そうですよね。幼少期に生き別れたきりですからね」

「じゃあ……」

発言をやめるよう手で制されてしまう。

「あなたはスケープゴートになると言ったはずです」

「それがなによ」

「つまり、あなたの都合はこちらに関係ないということです」

完全な拒絶。交渉の余地なし。絶望を叩きつけられて血の気が一瞬で引いていく感覚をはっきりと抱いた。

「ま、まって！　最初に対面したとき、真実を伝えるって……」

「伝えてもいいと言っただけで伝えるとは言っていません。なにより対立している相手の話をあなたは鵜呑みにするのですか？　しませんよね。では話す意味がないではないですか。それにあなたにとって重要な話も私にとっては暇つぶし。気まぐれで話そうとしたときに意識を失った自分を責めてください」

「……そ、それに、この前言ってた役者が揃っていないっていうのは――」

「はぁ、懲りない人ですね。往生際が悪いとはまさにこのことでしょうか」

わたしは何も言い返さず、毒島の目を見据えて次の言葉を待った。

「それがなにか？」

「だからその……えっと、役者って妹のことでしょ？」

「それは推測ではなく、あなたの希望ではないですか？」

不敵な笑みを浮かべて皮肉めいた言い方をしてきた。わたしは反射的に怒りの表情を浮かべたが、図星であるため言い返すことはできなかった。正確に言うなら推測であり希望でもあった。

「いいですか？　あなたがいまできることは、せいぜい自殺くらいでしょう」

おもむろに歩きはじめて毒島は窓の方へと移動する。

「しかし、あなたは舌を噛み千切って死にはしないでしょうね」

わたしに背を向けたまま話を続けた。

「ここまでいろいろと必死に調べ上げたのですから。これらの資料からはあなたはその苦労と執念が感じられます。ここで自殺などしてそれらを簡単には手放さないでしょう」

そう言った毒島の右手には、わたしがここに来る前に調べた事件の資料が握られていた。資料の空きスペースには、事件についてわたしの考察や疑問を書き出していた。毒島はそれを目で追う。薄気味悪い微笑みが強調されていく。

「概ね正解ですよ。すごいじゃないですか」

忌ま忌ましい態度を取られて睨みつけることしかできなかった。

「おぉ、これは怖い怖い。こんなことになっていなければ探偵とかやれましたね」

悔しかった。毒島の余裕な態度も人をバカにした態度も、彼の言動すべてが腹立たしくて、なにもできない自分にも腹が立った。

「あなたの今後については話しませんが、過去のことなら多少話してもいいですよ」

「過去の……こと？」

「ええ、なぜならあなたがどこでなにを証言しようとそれが信じられることはないですから」

「それはどういう意味？」

　わたしの質問を無視して毒島は別の話をはじめた。

「私が椋木寛治に雇われたのは完全に金儲けと欲望を叶えるためです。椋木が開業した個人病院自体の経営はごくごく一般的で決して状況が悪いわけではなかった。だが、椋木寛治が目的を達成するためにはそのままの経営ではいけないことは明白でした。そこで経営方針について当時、共に働いていた腐れ縁の男と協議したものの意見が合致することはなく、そこで椋木寛治は強硬手段を取るために私を雇ったのです」

　毒島の言動もひとつひとつは理解ができたのに、それらを頭の中で整理しようとすると受け止めたくない現実が怖くて混乱した。考え込んでいる間にも毒島は一方的に語り続けていた。わたしの耳にはその言葉は入ってこずに音だけが届いていた。意識がゆっくりと離れていき、目の前は靄がかかったようにぼやけていった。やがて目の前が少しずつ暗くなっていくのと同時に意識が遠退いていく。

「おやおや。せっかく真実を語ろうと思ったのですが、このタイミングで睡魔が来たようですね」

ぼやけた視界でわずかに捉えた毒島の顔はこれまでよりも群を抜いて不敵な笑みを浮かべていたように見えた。それがぼやけた視界のせいか、本当にそうだったのかわからぬまま。「このタイミングで睡魔が来た」という言葉がまるで毒島が計画していた通りと言っているように聞こえて、わたしはグラタンに目を移そうとした瞬間に夢の世界に落ちた。このとき、またしても誰か女性の声が聞こえてきた気がした——。

「ひさしぶり」

背後から聞こえた声に振り返る。そこにはわたしと瓜二つの見た目をした女性がいた。紛れもない大人になった妹だ。困惑していると妹が話しかけてきた。

「やっとまともに話しかけられるわ」

「どういうこと?」

状況が理解できなかったわたしはぽつりと呟いたが、それが妹の言葉に対しての返答だと勘違いしたのか、妹はこの状況の説明はせずに話を進めた。

「あたしはおじさんに襲われてから誰ともまともに話すことができなくなったのよ。

でも、美希とはあの頃のように自然と話せるみたい」

そういってわたしに見せた屈託のない笑顔は幼少期の頃のそれとまったく同じだった。しかし、それは決してこのような話で見せる笑顔ではない。

「え？　あぁ……じゃあ、やっぱりおじさんはあなたが殺したのね」

疑問は残ったままだが、妹の話はいまのわたしにとって重要なことなので会話を止めずに続けた。

「そうだよ。なんだったかな……テレビ台に置いてあったなんか。必死に手を伸ばして掴み取っておじさんにそのまま振り下ろしたの。おじさんは弱った様子だったからその後にハサミで……」

「やめてよ。そんな詳しい状況は聞きたくない」

「やっぱり」

「なにがよ」

「美希はあたしのおかげでまともな生活を送ってきた。汚れた世界を知らないから生々しい話に嫌悪感を抱く。あたしの人生はあのときからいままで、そしてこれからも闇に染まっているのに」

「なにそれ。わたしだっていま……」

「美希がいま大変な目に遭っているのはあたしの復讐だよ」

「復讐？　わたしはあなたになにもしてないじゃない」

「あたしの苦しみによって美希がまともな生活に辿り着いたんだから、あたしの罪くらい被ってくれてもいいでしょ。美希だけ幸せになるなんておかしいじゃない」

「それは……」

「なんで？　双子なのになんでこんなに違うのよ。そんなのは許さない。自分が苦しいからって他の人になにしてもいいわけじゃない。そんなことわかってる。でもじゃあ、あたしに付き纏うこの理不尽な苦しみはどうすればいいの？　このままあたしだけが苦しみ続けて、その間もその後も美希だけ幸せな生活を送るなんて納得いくわけがないじゃない。これが逆恨みでもなんでも構わない。美希が不幸になればそれでいいの」

「それで、わたしがどうなれば満足なの？」

「満足なんてない。あるわけないじゃん」

「めちゃくちゃね」

「ただ少しでもむしゃくしゃしたこのストレスを発散させるの。美希が苦しめば苦しむだけあたしの快感になるの」

「……狂ってる、異常だよ」

「ふふっ、人生そのものが狂っているあたしが正常なわけないでしょ」

わたしの記憶の中にいる仲良しだったときの幼少期の妹はもういなかった。誰かに洗脳されているのか悪魔にでも憑りつかれたかのように見えて、完全にわたしの知らない人物だった。

「いまでは人を殺すことも平気になっちゃった」

ずっと薄ら笑いを浮かべているだけで気味の悪さはあったが、その表情で淡々と発せられる言葉にわたしの背筋が凍る。

「というかさ、あなたってやめてくれる？　あたしにはみらいって名前があるの」

「え？　みらい？」

「あたしの人生に二人だけ幸せを与えてくれる人がいたんだ。一人は〝しずく〟っていう人。みらいって名前を付けてくれたのもしずくなの」

「……しずく」

妙な引っかかりを覚える名前だったがイマイチ思い出せなかった。

「しずくが死んだのは残念だったわ」

「え？　死んだ？」

「おじさんが襲ってきたの。おじさんっていっても、あたしたちのおじさんじゃなくて、別のもっと若いおじさんね」

「椋木寛治じゃないってことね」

「あぁ、そうそう。そいつじゃない。というかそれはわかるか。あたしがとっくの前に殺してるしね」

淡々と話し続ける様子とその内容が合っていない。わたしには衝撃が大き過ぎて返す言葉もなかった。

「でも、しずくの家に襲ってきたおじさんは本当に知らない人。しずくがちょっと外出してくるって家を出た後、乗り込んできたの。椋木寛治に襲われたときの記憶がフラッシュバックして必死に暴れたわ」

話を聞いているだけで気持ちが悪くなるような話だった。偏見で世の中の男は全員そういう人間なのだとおもってしまいそうなくらいに。

「どれくらい逃げたか覚えていないけど、抵抗しているうちにしずくが戻ってきてね。なんか二人は知り合いっぽかった。そのおじさんをみたしずくが『あなたは』って言っていたから」

わたしは妙な引っかかりを覚えながらも、自分語りが気持ちよくなったのか狂気を感じさせる笑顔で饒舌になっている妹ことみらいの話に耳を傾けた――。

夢の中のみらいの話では戻ってきたしずくに姿を見られたおじさんが、しずくを抑え込もうと突進する。みらいはそれを避けようとするが捕まってしまい抵抗するが、男の腕力に勝つことができずに揉み合っているうちにおじさんの腕が伸びてきてしずくの首を絞めていく。このままではしずくが死んでしまう絶体絶命の状況を打破するためにみらいは台所へ走って包丁を手に取る。そのときに無造作に取り出したため、他の調理器具一式が床に落ち、物音を立てて気付かれる。おじさんはその音に反応して振り返り、驚いた様子を見せしずくの首から手を放す。しずくは倒れていたがゆっくりと立ち上がる。朦朧とした様子ですぐに動けそうになかった。おじさんは刃物を向けられていることに慌てふためいている。みらいは両手で包丁をしっかり握り、なんの躊躇いもなく突進した。「立ち向かっちゃダメ！　逃げて！」というしずくの叫び声が聞こえたが、それでは大好きなしずくが酷い目に遭うとおもい、おじさんに立ち向かう。おじさんは悲鳴を上げながら間一髪で避けたため、みらいは止まろうとすると床に躓きよろめきながら突進する方となり、その先にいたしずくがみらいを受け止める。みらいはおじさんの方を振り向き態勢を整えた。互いが互いの緊張感を察知し、妙な間が生まれた。そのときなにかが倒れるような鈍い音がみらいの背後から聞こえた。そこにはさっきまで立っていたはずのしずくが倒れていた。なにが起きたのかわからないまま正面を向くと、おじさんもあっけにとられているようだった。しずくの容態を確認するためにも、いち早く目の前の敵を処理しなければと再び突進する。おじさんの醜い叫び声が家中に響いた。背中から床に倒れるおじさんと一緒にみらいも倒れこんだ。微動だにしないおじさんには目もくれず、みらいはしずくのもとへと駆け寄る。しずくの体周辺から歪んだ形をした血の輪が畳に染みを広げていく。既に疲れ切っていたが、残り少ない体力でしずくの体を仰向けにすると刺された跡があり血が溢れ出していた。瞬時に一つの心当たりに辿り着く。最初におじさんを刺そうとして躱されたときだ。おもわず体がよろめいてしまい、しずくに支えてもらったあの瞬間だ。答えに辿り着くと、脳が蒸発して消えたかと錯覚するくらいなにも考えられなくなってその場に倒れた。

翌日、意識を取り戻したみらいはしずくを殺してしまった現実を受け入れ泣きながらしずくにお別れを告げてその場を去った。


これが事の顛末だという。ここまで聞いてわたしの中で引っかかっていたものが繋がるのを感じた。若干違う部分はあるものの、この事件は以前ネットカフェで調べ物をしていたときに目にした違和感を覚えた事件だ。おそらくみらいの言うしずくとは腰山雫のことだったのだ。あの事件の犯人がみらいであるのなら、未解決な部分も警察がいくら捜査したところで進展しない理由もすべて納得がいく。

「一体いままでに何人殺してきたの」

腰山雫の件に納得した一方で、あのとき想像と違った未解決事件の内容と、殺しが平気でできるようになったという妹が繋がり、もしかしたらという不安が脳裏を過る。

「合計数なんていちいち覚えてないわ。ただ昔はあたしが生きるための殺人だったのが、ここ最近は美希に罪を被せるための殺人に切り替わったくらい」

「小川夫妻と篠原ね。その計画は毒島が考えたの？」

「んーと、難しいことは覚えてないや」

妙にあっさりした返事が、はぐらかしているとしかおもえなかった。

「腰山さんの家を出た後はどうしたの？」

「どうした……か」

みらいの顔から急に寂しさが少しばかり漂った。

「さっき、あたしに幸せをくれたのが二人って言ったでしょ。そのもう一人が来栖のおじさんでね――」


「突入ー!!」

野太い叫び声で目が覚めた。頭がクラクラして体も重い。視界もまだ定まらなかった。しかし、大勢の人間が駆ける足音と無数の物音が止めどなく聞こえる。機能していない頭には酷くこたえた。そしてもたもたしているうちに部屋のドアが勢いよく開けられる。まだはっきりとは認識できない視界が真っ黒に染まる。やっと焦点が定まったときにはもう為す術もなかった。刑事ドラマで見たことがあるような重装備をした人が次々と雪崩れ込んできた。これまでに何度も経験したように今回も急展開だった。目の前の光景に理解が追い付かず頭を抱えた。

「あれ？」

漏れるように声が出た。このとき違和感がないことに違和感を抱いた。自身の体や周囲を見回す。拘束は解けていて机や椅子もわたしが座らされていたときのように部屋のど真ん中にはなく、おそらく所定の位置だったであろう場所に置かれていた。考え事がひとつも解決しないのもお構いなしといったように、疑問が湧いて増えていく一方だった。

「確保ー！」

号令が響き渡り、やけに大掛かりな人数と武装を施した警察に取り押さえられてしまい、あっけなく捕まってしまった。

5. 判決

後の取り調べで逮捕に関しての話を明かされ、絡まったヒモがするすると解けるように逮捕直前までに抱いた数々の疑問が解消されていった。警察が椋木邸に突入したのは匿名での通報があったからだという。声質から男性ということのみが分かっており、公衆電話からの通報だった。二十代くらいの女性が小さい男の子の手を引っ張り椋木邸に入っていく様子を目撃したという内容だった。その通報から三十分後くらいに「助けて」と叫ぶ少年の声が聞こえるという新たな通報が椋木邸の周辺住民から入ったことで、少年の手を引いて椋木邸に入っていった女性が少年の誘拐と椋木邸への立て籠もりをしているという通報も真実味を帯び、警察は現場の状況確認を早急に行ったうえで突入を決行することにした。しかし、人に見られやすい日中に少年を攫ったことや、少年が泣き叫んでいる状態を放置していたこと。実際に突入すると何事もトラブルが起きずにいとも容易く逮捕まで至ったことなど、一連の流れがスムーズ過ぎることに警察も違和感は抱いていたという。とはいえそれらの通報はすべてが事実であり、疑う余地はなかったという。椋木邸に少年がおり、別室にはわたしがいた（犯人ではないが攫った二十代の女性という内容はわたしの特徴と一致している）。少年の悲痛な叫びは警察が到着したときにも続いていた。極めつけは後日の捜査で防犯カメラに少年が攫われる様子が映っていたことだった。その映像がすべてを確信へと導き、犯人がわたしであると断定するに至った最大の理由だという。この説明がつくのはただひとつ。みらいの犯行だ。やはり毒島とみらいは協力関係にあったのだ。通報した匿名の男性というのは毒島だろう。計画的な一連の犯行にわたしは嵌められたというわけだ。毒島がわたしをスケープゴートと言っていたが、この件がそれを意味するものだった。それでも目的はわからなかったが刑事から話の流れでわたしが指名手配されていたことを聞かされ、これがみらいのわたしへの復讐なのだと予測はついた。毒島とみらいからすれば、指名手配されてからであれば逮捕への協力で報奨金が手に入ることもあるから一石二鳥というわけだ。しかし、おじさんが殺された事件で毒島の顔は警察に知られているはず……その毒島が通報して、情報提供者としての報奨金を受け取るというのには疑う余地があるのではないか。これはわたしが現状の立場ゆえにおもうことで一般的にはそのような考えにはならないのか、いまのわたしにその判断はできなかった。だから取り調べの担当刑事には他の質問をした。

「匿名での通報だったらお金は支払えないんじゃないですか」

「あ？　誘拐立て籠もり事件のことは速報で全国に流れている。それだけ重大な事件ってことだ。つまり犯人を確保した時点で報道陣はそれも速報として流すだろ」

刑事の回答は質問の答えにはなっていないが、通報による指名手配犯確保の報奨金が毒島の目的であることを確信した。

「あの、質問の答えになっていない気がするのですが……」

「報奨金目当てに通報する人にもさまざまなタイプがいる。そのなかには犯人が捕まるまで怖くて実名は明かさないという人もいるんだ。だから事件解決の速報を見て『あの通報をしたのは自分だ』って主張する問い合わせが腐るほどくるんだ。これがまた面倒くさいったらありゃしねーぜ。まあ、俺はそんな仕事担当してないけどな」

「それで本人はでてきたんですか」

「いたよ。通報時の声と同じで通報内容もぴったり言い当てた人物が」

「毒島という男ですか」

わたしは刑事を試すようにその名を口にしたが、鼻で笑われて終わった――。

「いつまでもそんなすっとぼけが通じるとおもうなよ」

逮捕されてから連日取り調べを受け、精神をすり減らす日々が続いた。取り調べの刑事は完全にわたしが犯人だと確信しているかのように問い詰めてくる。口調は日を追うごとに厳しくなっていった。わたしは小川さんと小川さんの夫、そして元同僚の篠原三人の殺害容疑だけだとおもっていた。しかし、どうやら警察は十八年前の椋木寛治の殺害も疑っているようだった。どうやら、当時八歳のわたしが自分の身を守るために突発的に反抗した結果、殺害してしまったという展開にしようとしているのだ。わたしは犯人ではないが、事件の背景は当たっていた。

「ちなみに椋木寛治の事件と関連してもう一件、お前に容疑がかかっている」

「え？　どういうこと……」

「お前はそれぞれの事件についての関与をすべて否定したな。それに各殺人の全貌を毒島孝則から聞いたと。それに通報したのも毒島だとかいっていたな」

「そうよ。それがなに？　こんなくだらないことして時間無駄にしないで捜査したら？　刑事って足で稼ぐものなんでしょ」

わたしの皮肉を聞いて目の前の刑事は大きくため息をついた。わたしはてっきりわたしの放った言葉に呆れたのかとおもった。いや、ある意味ではその通りだといえる。このときの刑事の言葉にはホラー映画のような恐怖すら覚えた。

「その毒島孝則だがな、焼死体で発見されているんだよ。椋木寛治の殺害とほぼ同時期にな」

わたしは思考が停止して頭が真っ白になり硬直してしまう。

「つまりお前の毒島に拘束されていて嵌められたという話はあり得ない」

そう告げられた瞬間うな垂れた。みるみる全身の力が奪われていく。結局、その日のわたしはそれ以降、通常の話せる状態に回復する見込みがないと判断され、取り調べは終わった。椋木寛治と毒島孝則は共に黒い噂が立ち込めていたような人物だった。椋木寛治に関しては殺害状況からみて男女間のもつれが濃厚とされていたが、毒島に関してはそういった一般人との関係性が浮いてこず、もともと関係性を持っていた反社会勢力とのトラブルとみて捜査されていたという。しかし、一向に捜査は進展しなかった。そのうち捜査本部内では徐々に「暴力団ならもっとうまくやるんじゃないか」という声があがる。というのも、人物が特定できるような証拠が遺体近くに残っていることにも疑問を持ち、さらにはそういった証拠が残っている程度のわりに、焼死体自体は人物特定ができないほどに焼き尽くされていたのだ。それらの犯行の荒さから毒島殺害に関しても、わたしに容疑をかけているというわけである。「八歳の少女にそれを擦り付けるのは無理があるでしょ！」と、いまのわたしなら言えたがこのときにはそれができず、記憶はそこでシャットダウンしたのだった。留置場に戻ってからも思考停止は続いていて、その夜は一睡もできなかった。翌日、時間の経過によってなんとか心身共に最低限の回復は果たした。貴重な時間を無駄に消費した分、死にもの狂いで頭を働かせようとしたが考えることができるようになったからといって考察が進むわけではなかった。

「毒島が十七年前に死んでいるって？」

昨日の取り調べのことを思い出していると無意識に口から零れた疑問だった。

これまでの生活に不安や焦りは募りに募っていた。それでも、存在しない人間を存在していたと思い込み、会話までしているなどという勘違いはしない。では、この疑問の真実はなんだというのか。わたしの状態がある程度回復し、再開可能ということで再び事情聴取を受けることになった。

「昨日の続きからになるが、お前の証言にでてくる毒島というのはこの男か」

刑事はそういいながらスーツの内ポケットから一枚の写真を取り出す。

「誰ですかこの人」

写真には知らない男が写っていた。

「警察はどうしてもわたしを犯人にするためにこんな姑息な手を使うんですね」

「は？　どういうことだ」

「適当な写真を見せてわたしに『はい』と言わせる。そのあとに写真が毒島ではないことを明かして嘘を証明し、毒島に拘束されて話をしたという事実を否定しようとしてるんでしょ」

「どうやらまだ少しテンパっているようだな。毒島は十七年前に焼死体で発見されている。だからはなからお前が毒島に嵌められたという話自体あり得ないということを昨日は話したんだ。それに警察はお前が毒島を殺したと疑っている。つまりお前が毒島の顔を知らないなんておもってはいない。ここまでは理解できるか？」

刑事の言う通りだった。最低限回復した程度ではまだ精神状態に落ち着きがないよそうだった。わたしは冷静さを心掛け、昨日の取り調べの話を思い返した。しかし、そうするとなおさらこの写真の男が何者なのかという疑問が湧いてくる。わたしが第一印象で抱いたインテリっぽさ、スタイリッシュさなどは一切ない。写真の毒島は中肉中背で、どこか疲れ果てた雰囲気のあるおじさん感が強い。一体この男は誰なのか……。

「たしかにちょっと落ち着きが足りなかったです。でもこの男は本当に知らない」

「んー、そうか」

そういって刑事は黙り込む。

「信じてくれるんですか？」

「いや、全部否定するならなにを話しても無駄だな～どうするかなって考えている」

「あっそう。その言葉そのまま返しますけどね」

極めて重要な真実を知っているのはわたしだ。目の前の刑事がとんちんかんなことを自信満々に言っているのだ。だが、肝心の真実を証明する方法がない。どちらかというと圧倒的に追い込まれているのもまたわたしだった。

「よし、わかった。たまにはお前から話を振ってもらうか。なにか話すことはあるか？」

「そんなこと急に言われても……そもそも、どれも証明できないから困ってるんじゃない」

「せっかくチャンスを与えてやったというのに、自ら諦めるんだな」

　刑事は睨みを利かせてから鼻で笑う。腹立たしかったが動揺しないように気を付けた。

「そうだ、ではわたしにかかっている容疑以外の話をしましょう」

「はぁ？　な～に言ってんだ。せっかく与えたチャンスを雑談に使う奴が何処にいるんだ」

「誰も雑談するだなんて言っていません」

「刑事と被疑者がいて容疑のかかっている事件以外の話するなんて雑談だろ」

「いまこの瞬間の会話が一番無駄だとおもうけど、チャンス与えるとか言ったわりに聞いてくれないんですね」

「……くそ！　わかった。なにが話したいんだ」

「わたしは、わたしにかけられている容疑の真犯人が、他に手掛けた事件を知ってるの」

「あぁ？　はぁ、戸籍を持たない妹がやったたって話か」

刑事が気怠そうな態度を見せる。

「あなたたち警察が無能だから、世の中に未解決事件がたくさんあるでしょ？」

そんな刑事の態度にイラっとしたので、つい喧嘩を売るような言い方をしてしまった。

「お前自分の状況わかってんのか、凶悪殺人鬼が！」

案の定顔を真っ赤にして怒鳴ってきたが、こちらも憤りを感じていたので怖じ気づくことはなかった。この状況はなんとも理不尽だ。間違っているのは警察。悪いのも警察。それなのにこんな警察に良い印象を与えるような話し方をするのには、あまりにも精神力が削ぎ落とされていく。それでも現状の立場は警察が上でわたしが下だ。まともに再捜査してもらうには信頼を勝ち取ったり、そうせざるを得ない証拠の提示や証言をしないといけない。そもそもこんな憎い刑事がわたしの担当じゃなければ……そんなどうしようもないことすら考えてしまう。

「安武力と腰山雫」

二人の名前だけを端的に発した。それを聞いた刑事はおとなしくなり、紅潮した顔も落ち着きを取り戻していく。

「誰だ、それ？」

発言の仕方にまだ棘はあるが、冷静になった刑事から質問が飛んできた。とりあえずは話を聞いてもらえそうで安心した。わたしはそのまま話を進める。

「未解決事件のまま、月日が流れた殺人事件の被害者」

「その二つの事件がどうしたんだ」

「その事件の犯人が、さっきから言ってる戸籍を持たないわたしの妹なの」

「おい！」

また怒鳴られるかとおもったが刑事は上半身を翻し、若い刑事を呼ぶ。近づいてきたところで耳打ちして正面に向き直る。若い刑事は取調室を出ていった。

「続きをどうぞ」

言葉の棘もなくなり、刑事はまともに話を聞いてくれる様子だった。

「椋木寛治を殺した後、失踪した妹はまず安武力と出会った。一年くらいそこで暮らして――」

　わたしは小川さんから聞いた話を刑事に伝えた。

「ほぉ、それでもうひとつのほうは？」

「正確な時系列などはわかりませんが、その安武力を殺害後に再び失踪して辿り着いたところが腰山雫のところなんだとおもいます」

　わたしが逮捕される前に見た夢でみらいが語っていた内容を話す。夢の話を真に受けるのも本来はどうかともおもうがわたしには選択できる手数は少ないし、なにより腰山雫の事件は存在自体をネットカフェで記事をみたことがあるので、あながち嘘でもないようにおもえた。当時の切羽詰まった状況では考えもしなかったが、もしかしたらあのときの夢は双子のテレパシー的なものだったのかともおもっている。

「お前から聞く話の全部に共通することがあるよな」

「……はい」

「それじゃあ、俺たちは動かない」

　それはわかっていた。だが、どうすればいいのかがまったくわからない。結局のところ、わたしの言っていることはどれも再捜査に当たるに足り得ない話なのだ。少しでも、なにかひとつでも証拠と呼べるものがあれば風向きは変わるかもしれないが、それがない以上、すべてわたしの空想を知っている事件と結び付けているだけのでっちあげにしか聞こえない。当事者のわたしは当たり前のように発言しているが、『戸籍と名前のない妹』など、一般的には考えにくい存在である。それでもわたしには出せる情報をすべて出し尽くすことしかできることがない。だから必死にこれまでの記憶を辿る。それらがわたしの無罪主張の火種となることはなく、燃え上がらずにあっさり鎮火していった。提示した二つの未解決事件についても調べられることはなかった。

結局、二十日間も勾留されて警察の取り調べを終えた後に、検察からも取り調べを受けた。担当検事は口調こそおしとやかで、わたしの話にも愛想よく相槌を打っていた女性検事だったが、わたしの必死な抵抗も虚しく起訴されてしまった。そして裁判は一筋の光も見えないほどに形式的なものに感じた。知識もなく知り合いもいないので選択権はほとんどなく、国選弁護人として秋山という男が担当となったが、まったくもってやる気のない人物だった。わたしの抵抗には限界もあり、無力の被告人がひとりで必死になっているその姿を自身でも無様におもえたのか、わたしが声を発するたびに傍聴席が嘲笑しているような気さえした。孤独で無力で冤罪を被せられている状況にメンタルはいつ崩壊してもおかしくなかった。実際、二〇一八年二月二十六日（月）第一審の法廷は、わたしが取り乱したことで中断となり閉廷した。それでも諦めがつかず、この地方裁判所で行われた第一審では控訴した。わたしは無駄だとおもう反面、諦めきれないというおもいのみで抵抗し続けた。どれだけ必死になろうと状況は少しも改善されることはなかった。控訴してから高等裁判所で行われる控訴審を迎える前の面会時、やる気のない秋山がわたしをさらにどん底へと突き落とす。

「どれだけ納得がいかなくて控訴したって、所詮は『控訴ができる』というだけですよ。判決理由を根底から覆すような新たな証拠なんて出てきやしないでしょ？　つまりは無駄ってことです」

　自分の弁護人がわたしを精神的に追い詰めてとどめを刺しにきた。怒りの沸点を優に超え、目の前の弁護人秋山に殴りかかった。しかし、当然その拳はアクリル板に阻止されることとなる。それが原因で面会は強制終了となった。独居房に戻ってから秋山に言われた言葉が脳内を駆け巡る。これまでのことを思い返した。警察の取り調べでも裁判でも知っていることのすべてを話した。それでも進展はなにひとつなかった。

もう完全に終わったと観念した。わたしなりにやれることは尽くしたからだ。いよいよこれで本当に人生の終わりを迎えるのだと覚悟した。それでも控訴が通り、二〇一八年八月二十日（月）高等裁判所で控訴審が行われた。これもまた、判決は覆るどころかなにかが変わるようなことはなかった。結局、小川夫妻殺害容疑、篠原岳彦殺害容疑、挙げ句の果てには、なんの手掛かりも掴めなかった椋木寛治殺害容疑までかけられている。最後まで犯行を否認しており、反省の色が見られないこと。小川夫妻と篠原岳彦の殺害方法が残忍だったことから導かれる判決は第一審同様だった。

「主文、被告人を死刑に処する――」

　わたしに死刑判決が下される。この瞬間から絶望したわたしは上の空で、その後の説明は一切記憶に残っていないが、判決は変わらず、死を待つのみのわたしにとって理由なんてどうでもよかった。

6．生け贄

すべてが間違っている方向へと進んでいるのに、裁判長に判決を言い渡された瞬間はやはり胸に刺さるものがある。心がずしりと重たくなる感じだ。全身が鉛のように重く感じ、動くこともできなかったわたしは引き摺られるようにして法廷を退出した。それから苦労したのは慣れるまでの最初の期間だけ。いまはもうなにひとつ変哲もない死刑囚の暮らしをしている。知らない土地に移り住んだときくらいの困惑があった程度で、社会人になって一人暮らししていた頃と大差はないようにもおもえた。日頃から会ったりする家族も友人もいない、仕事をこなして稼いだ給料を生活費に充てて生きていくだけのあの頃も、楽しいことなどなかった。棲み処が変わっただけの引っ越しみたいなものだ。もうひとつ言うと死刑囚といってもいつ執行されるかわからないのだから、これも寿命で死ぬのと似たようなものだとおもっていた。ただこれまでの生活と違う点はひとつだけ。絶望し諦めがついたと信じて疑っていないはずのわたしの心の中に、死刑囚になってからも悔しさは消えず、この獄中手記を書きはじめたことだけだ。でもこれは自らの無実を証明するためではなく、悔しさ・怒り・憎しみ・苦しみなどさまざまな感情が拭いきれず書いているだけだ。そう、いわば趣味のようなもの。だからこの手記で助かるとか、なにかが覆るなんてことは考えもしていない。

二〇一八年八月二十六日（日）

わたしの心が躍ることはなかった。むしろどんな顔で会えばいいかわからなかった。気まずくて仕方がなかった。それでもわたしはなぜか承諾してしまったのだ。自分の気持ちに嘘をついていたつもりはない。もう自分に希望はないとおもっていたし、絶望して無実の証明を諦めていた。受け入れていたという表現は少し違うかもしれないが、死刑囚になる覚悟も決めていた。信念は真っ二つに折れた後粉々に砕かれたのだから。いまから一筋の光をもう一度追いかけるにはあまりにもしんどかった。わたしの中で助かりたいという気持ちと放っておいてほしいという気持ちがぶつかり合う。整理がつかないモヤモヤした状態のまま、ついにそのときを迎えることになった。

「美希！」

「……里美」

隣には里美の夫がいた。だるそうな顔をして視線は斜め上の天井に向いていた。どうしていいかわからず、わたしは俯いてしまう。

「あはは、なんか気まずいね」

気まずいなど微塵もない相変わらずの物言いだった。

「どういうこと？　旦那さんまで連れてきて……」

わたしは震える声で恐る恐る訪ねた。以前、里美の家に訪れてから里美に対する印象はがらりと変わった。いまでは感謝しかない。それなのに、わたしには棘のある言い方しかできなかった。

「あの……以前はすみませんでした。わたしみたいな人間が家におしかけてしまって」

対面してからまったくこちらを見ることのない里美の夫の方を向いて頭を下げた。

「なに言ってんの！　あれは私が連れ込んだんだから気にしなくていいよ」

そういいながら里美はアクリル板前に置かれているパイプ椅子に腰を下ろす。なぜか笑顔だった。その後ジェスチャーをして夫を隣に座らせる。最後にわたしもアクリル板越しの対面に置かれたパイプ椅子に座った。目は合わせられず視線を適当に自分の右膝に固定する。

「ニュースで知って驚いたよ！　それからうちの旦那説得するのに時間かかっちゃって」

一体、なんの話をしているのだろうか。さっぱりわからなかった。わたしはおもわず顔を上げ、水面に浮かぶ餌に有りつく鯉のように口をパクパクしていた。その姿がアクリル板に薄っすらと反射しているのが目に入り恥ずかしかった。なにか言いたいけど言葉が出てこない。

「だから、会いに来るの遅くなった。ごめんね」

この謝罪の意味もわからなかった。里美が謝ることなどなにひとつないのだから。

「面会時間ってさ、すっごい短いの。だからとりあえず用件をぜんぶ話すね」

そういうと里美は演説のように一人でずっと話しはじめた。

「さっき言った通り、美希のことはニュースで知ったの。それで美希が家に来たときのこととかいろいろ考えちゃってさ――で、うちの旦那が弁護士やってるから、美希の弁護人になればいいじゃんっておもって、今日連れてきたの。顔合わせ的な？　ふふ」

なにが面白くて終始笑顔なのかわからないが、里美はなんというかいつも自分のやることにたいして自信に満ち溢れている。そんな里美が羨ましかった。結局、面会は里美の独壇場でわたしは最後にひとこと返事をしただけだった。里美の夫はひとことも発することなく帰っていった。それ以来、里美は姿を見せることはなく弁護士である夫がたびたび面会に来た。

二〇一八年九月一日（土）

「あらためて自己紹介します。弁護士の鎌田光太郎と申します」

拗ねたこどものような仏頂面で嫌々といった感じがひしひしと伝わってきた。

「椋木美希です。すみません。面倒ごとに巻き込んでしまって……」

深々と頭を下げると、盛大なため息が上方から空襲のように落とされる。それからわざと大きな音を立てるようにして雑にパイプ椅子に座り、鎌田は愚痴を吐き出し続けた。

「あの日からなんだか里美との関係がギスギスしたままでね」

「え？　あぁ、本当にすみません」

「関係が悪化していって溝が深まるばかり。でもうちにはまだ小さい娘がいるから、娘の前では仲のいい夫婦を装うんだけどね。それがまた負担となってのしかかってくるんだよ」

わたしはただただ聞き手となり、相槌以外で声を出すことはなかった。鎌田はひとしきり愚痴を吐き終えた後、初めてわたしに目線を合わせてきた。

「申し訳ないが、はっきりいってあなたの弁護はやる気がありません」

率直に「なにしに来たんだ」と心の中で返した。

「とはいえ、まったく無視するというわけにもいかないんです。夫婦仲はもちろん、家族としても幸せな日々を送っていました。だから里美のことはいまでも好きですよ。これまでも意見が食い違うことは何度かありました。それでもなんとか折り合いをつけて解決してきました。今回が初めてですよ。いつまで経っても平行線のまま雰囲気まで悪くなって、お互いがいがみ合っているなんて……」

なにも言えなかった。ただ胸が締め付けられ、苦しみながら鎌田の言葉に耳を傾けることしかできなかった。お互いの問題ならまだしも赤の他人であるわたしのせいで家庭が崩壊しかけているのだ。不満をぶつけてくることに反論することなどできない。「ニュースを観てあなたが犯人だとおもっているし、供述も無茶苦茶で極悪人だとおもっている。あなたを救うつもりは一切ない。ただ里美との関係を修復するために形式的にあなたの弁護人を務めるだけです」

それは絶望を叩きつけられたような宣言だった。期待すること自体がおこがましいのかもしれないが、里美が弁護士である夫を連れてきたときに助かりたいとおもってしまっていた。散々迷惑をかけたのにこの期に及んでもう一度里美の好意に甘えたいという衝動に駆られる。鎌田の説得は難易度が相当高い。どこに希望を見出したのか自分自身でもわからない。里美が面会にきたときも気まずさでいっぱいだった。捕まった時点で人生が詰んだとおもって諦めたところに、友人が差し伸べてくれた正真正銘のラストチャンス。未だに消え去った一筋の光は見えないけど、この暗闇の中を一か八か抜け出せるか悪足掻きしてみることにした。鎌田は現状わたしの弁護をまともにするつもりはない。だが、少なくともいまここにいる。わたしの弁護人として。ここからは腹の探り合いではない。脅迫とも取れるわたしからの一方通行の交渉だ。鎌田は情に訴えて変わるタイプではないようにおもえた。かといってこちらは巧みな交渉術などは持ち合わせていない。綺麗な言葉を使って取り繕っている場合でもない。

「元の家庭に戻るためですよね」

それならば推測をぶつけて事実だけを突き詰める。下衆な方法ではあるが、半ば強制的に協力させるしかない。そう考えたわたしは意を決して鎌田に仕掛ける。するとこれまで冷酷な表情しか見せなかった鎌田が、初めてわたしに他の表情を見せることとなった。

「ふん、それがなんだというんだ。文句でもあるのか」

鎌田は顔を逸らす。

「いいえ、あなたの行動はなにも間違っていないとおもいます。ただ……」

そこまでいって少し間を置くと、鎌田は視線だけをこちらに向けて次の言葉を待っていた。

「仲直りのために里美の言う通りわたしの弁護人になっているだけでは彼女は満足しませんよ」

鎌田は眉間にしわを寄せる。

「語彙力がなくてうまく表現はできませんが、彼女は本当に素敵な人です」

「当然だ。だから私は里美に惚……一体なにが言いたいんだ」

咳払いで誤魔化して結論を求めてくる。

「自分でいうのもおかしな話ですが、彼女と仲直りするには、あなたはわたしのことを必死に助けようとしないといけないというわけです。彼女は鋭いですからね。そういうことはすぐに察知しますよ。進捗はどんな感じかなど聞いてくるでしょうしね」

鎌田はばつが悪そうな表情を浮かべて言葉が出てこない様子だったので畳みかけた。

「わたし程度に揺さぶられて表情を崩してしまうあなたに、里美を騙しとおせますかね」

「……⁉　クズが」

鎌田は短く暴言を吐き捨てた。だがそれには怒りは込み上げてはこなかった。我ながら同意したからだ。本当にクズである。ただ少しだけ冤罪で死刑囚にされているわたしの身にもなってほしいともおもった。日々矛盾した感情が衝突するなかでなんとか精神状態を保つ。わたしを家に招いたときの里美はわたしが知っている学生の頃からの里美のままだった。勘違いしていた部分もあったけど、結婚している鎌田に負けないくらいわたしも里美のことなら知っているつもりだ。だからこそ鎌田の反応に手応えがそれなりにあった。我慢ならないのか鎌田は反論してきた。

「だから協力しろと？　仮に私が本気で協力したとしてなにが変わる？　これはやりたくないからではなく弁護士としての意見だ。はっきり言って減刑すら厳しいだろう」

「それはあなたがわたしを犯人だと決めつけているからでしょう。わたしの無実証明のためになんて言いません。里美と娘さんと元の円満な家庭に戻るために、無理矢理にでもわたしを信じてください。里美はわたしを信じています」

円満な家庭に戻るためにわたしに協力しろ。里美もそれを望んでいる――こんな卑怯な脅し文句で説得を試みた。鎌田は苦虫を嚙み潰したような表情を浮かべて黙り込んだままだった。いまはわたしも相手の反応次第だったので特に言うこともなかった。静寂な空間に時計の針が動く音だけが聴こえてくる。こういうときは実際のときの流れより遅く感じるものだとおもっていたが、そもそも短い面会時間ではそれを感じる間もなく終わりを迎えた。鎌田は無言で立ち上がり背を向けて出ていこうとする。

これでいいのか……脅迫は失敗してただ怒らせたのではないか。もう来てくれなくなるのか。そんな不安な気持ちと焦りで押し潰されそうな胸を押さえ、鎌田の背中を見つめることしかできなかった。了承を得られるまで話したい。もっといろいろ発言をしたかった。鎌田の結論がわからないままネガティブ思考で埋め尽くされた脳内では勝手に後悔しはじめていた。鎌田はドアを開けたところで動きが止まる。

「今日は控訴審からまだ十三日目です。とりあえず最高裁判所へ上告しましょう。明日、また来ます」

わたしに背を向けたままぶっきらぼうにそう呟いて面会室を後にした。それから何度か鎌田は面会に来てくれた。とりあえず一歩前進といったところか。関係性は平行線のままだが会話はできるようになっていた。とはいえ悠長に構えている暇はない。善は急げということで積極的にそれぞれの事件と自分自身について鎌田に語った。取り調べのときと変わらない主張をしたが、案の定、取り調べの刑事と同じようなリアクションが返ってくる。わたしとしてはただの再放送でしかなかった――。

二〇一八年九月七日（金）
「うーん、それがいくら事実でもやはり証拠や証言をできる人がいないことには

「……」

「それはわかっていますが、現状ないので手詰まりといった感じです」

「それに夢の話は夢の話である限り証拠となり得ない」

「でも現実にはわからないものばかりだし、夢も双子のなにかしらの力というか、その……よくあるじゃないですか。双子って離れているところにいても意思疎通できてるみたいな……だからこれをもとに調べればなにか見つかるかもしれない……とおもって」

自分でも自信を失いかけて徐々に声のボリュームが小さくなっていく。このままでは進展はないと焦っていると、わたしの頭の中にふと、一人の名前が浮かび上がる。

「……来栖のおじさん」

「え？　誰ですか？」

「妹が最後に言っていたの。来栖のおじさんって。でもそこで警察がきて目が覚めちゃったからそれが誰かわからないんだけど」

「また夢の話ですか」

鎌田がため息交じりに言う。

「そんなこと言われてももう全部話しましたし他に証言できる出来事なんてないですよ」

「じゃあ、それらの出来事からなんであれば証拠を見つけられそうか考えてください」

反論しようとしたわたしを鎌田は制す。

「落ち着いて。なにも放置する気はない。当然こちらも考えます。それでもやはり当事者のあなたが一番手掛かりを掴む可能性を秘めていることは間違いないということを覚えておいてください」

前回の態度とは裏腹にそれなりに協力してくれようとしている雰囲気があった。正直、それがものすごく嬉しかったのだがそれを察知されるのが嫌で平然を装った。

「わかりました。でも、いまは本当になにも……。だから、とりあえず来栖のおじさんについて調べてみてほしい」

「そうですね。いまのところはそれしか」

そういうと鎌田は咳払いをして視線を逸らした。最初の関係が悪かっただけに、意見が一致するだけでどこかむず痒さをお互いが感じ取っていた。結局この日はその後に会話が続くことはなく面会は終わった。それからもわたしは何度も繰り返し自身の人生を振り返った。とはいえそんな都合よく出てくる新情報はなかった。わたしは鎌田が来栖のおじさんについてなにか情報を掴むことを祈りつつ、背中で床の硬さを感じながら眠りについた。

二〇一八年九月十八日（火）

「なんでそんなに難しい顔してるんですか？」

後日、面会にきた鎌田の顔は曇っていたので恐る恐る聞いてみた。

「んー、名前は来栖鉄二、椋木寛治とは幼馴染みで腐れ縁。二人で開業したのが椋木マザーズクリニックだった」

わたしの不安を他所に鎌田から次々と来栖のおじさんについての情報が出てきて安心した。なにより、わたしの記憶に残っている毒島の話と繋がりがある予感がし、鎌田がこれから話す情報に若干の期待を寄せていた。だが、期待とは裏腹に鎌田の顔は一向に晴れなかった。

「表情が晴れないようですが、体調でも悪いですか？　それなら後日でも……」

　鎌田は体調不良ではないと否定してから続きを話した。

「理由はわからないが、来栖鉄二は毒島が雇われるのと同時期に退職しており、現在の行方は不明だった」

「え？　行方不明って……なんで」

「それ以上のことはわからなかった。正確にいうと退職も解雇だったらしく、その後の詳細が一切わかっていない」

「そんな……」

「ちなみにあなたに毒島殺害の容疑もかけられているという話ですが、それに来栖鉄二は関わっていると警察は睨んでいるようです」

「どういうこと？　わたしはそんな話、聞いてない」

「その話の前にあなたが取り調べ続行不可能になったらしいですね。それで聞いていないんじゃないですか」

「あぁ、たしかにそうかも」

　思い出して少し恥ずかしい気持ちになった。

「簡単にいうと毒島の殴打はあなたの仕業で、その後の処理として焼死体にしたのが来栖鉄二なんじゃないかっていう感じで」

「どうしてそんな推測になるわけ？」

「殴打や焼死体という事実と違い、どれもまだはっきりしていない部分なので省いたのだが、来栖鉄二の退職から失踪までの時期と毒島の雇用の時期が同時期ということから、そこになにかしらのトラブルがあったんじゃないかというのが警察の見立てらしい。それが来栖鉄二の動機。殴打に関しては検視の結果からそれが直接の死因ではなく、それも起きても脳震盪くらいの衝撃であることが予測されることから、当時少女だったあなたの犯行に一番可能性があるということのようです。椋木寛治の件もあるので動機はいくらでも……といった感じですね。一応、こういった流れであれば来栖鉄二の失踪も辻褄が合います」

「わたしと来栖鉄二がいつどこでそんな協力関係になったっていうの？」

「それはたとえば椋木寛治の件であなたと毒島に一悶着あって殴打する。そこに解雇の件で来栖鉄二が復讐にきたタイミングと重なって現場を発見。毒島が死んでいないことに気付き、とどめを刺すために手を下した。というような仮説であれば他にもいくらか想像はできるとおもいます」

「へー、想像力豊かなのね」

「いまのは例え話ですし警察の捜査方針をもとにしたもので、私の意見ではないですよ。私は仮にもあなたの無実を証明するために動いているのだから」

「そのわりにはわたしの話は一切信じてもらえなかったけど」

「それに関しては気持ちがわからなくもないでしょう……というか、あなたも逆の立場であれば信じられないのでは？」

「そういわれればそうだけど真実を語っているのに理不尽過ぎる」

　フラストレーションが徐々に溜まり若干語気が強くなった。そのせいか場が静まり返る。

「とはいえあなたの見た夢も情報を掴むためのきっかけとしては有効であることはわかったし、まだ希望はあるんじゃないですか」

　重たい空気を変えるために鎌田は話を変える。このときのフォローしてくれている鎌田の優しさはわたしにはまったく刺さらなかった。鎌田の言っていることは理解できたが、結局、やっとのおもいでひねり出した情報から得られるものがなかったのだ。

「そんなこと言っても自在に操れるわけじゃないし奇跡的なものだから」

「私も別に楽観的になっているわけではない。しかし、ただでさえ絶望的な状況でネガティブがもたらすプラスがあるんですか？　はじめからわかっていたでしょう？　苦しい状況なことくらい。一喜一憂していても進展はない。冷静に情報を整理していかないと……」

「そんなことはわかってます！」

やつ当たりだとわかっていたが言葉が止まらなかった。

「わかってはいるけど、感情をそんな簡単にコントロールできていたらこんなに苦しんでない！」

事情があって半ば強引にとはいえ、唯一の協力者に対して文句を言い、気まずい空気を作ってしまった。後悔から俯いたまま顔を上げられずにいた。

「とりあえず、この後も私のほうでいろんな角度からアプローチしてみます。あなたのほうでももしなにか思い出せればそのときは教えてください」

里美の性格と優しさを利用して強制的に協力させたのに、勝手に不機嫌になって不満をぶつけたりして相当な身勝手を見せてしまったが、鎌田はそんなわたしに大人の対応を見せた。

それがなおさら、わたしの心を締め付けた。この日の終わり方がギスギスしたからなのか、しばらく鎌田はこなかった。自業自得だがネガティブな思考に不安が煽られる。気が気じゃない日々を送っていた。さらに焦ることにわたしの方はいくら記憶を辿っても一切新情報が出てこなかったことだ。身動きが取れない以上仕方ないとはいえ、完全に鎌田におんぶに抱っこ状態だった。

二〇一八年十月二十九日（月）

「お久しぶりです」

変な空気で終えた前回の面会から切り替えるためにも、鎌田の姿を視認してすぐにわたしの方から挨拶して丁寧にお辞儀をする。

「お久しぶりです。しばらく来られなくて申し訳ない」

鎌田の方はどこか晴れやかな表情で、これまでと違ったいい兆しのある雰囲気だった。とにかく前回のことを気にしている素振りはなくて一安心した。

「これから話すことが山ほどあります。気になることも多いとはおもいますが、ひとつずつ落ち着いて紐解いていきましょう」

鎌田の穏やかな敬語口調は初めて聞いたかもしれない。この機嫌のよさは里美との関係の修復が見えてきたからなのだろうか。どちらにしろ先ほどの口ぶりからして、わたしにとってもいいことである気がした。

「まずは本日面会に同行していただいた女性を紹介します。金沢美羽さんです」

「……あの、その、こんにちは」

「あ、はい。こんにちは」

ぎこちない挨拶だった。それは人見知りというよりかは気まずいというような雰囲気に見えた。過剰反応かもしれないが第一声が「はじめまして」ではないことに違和感を抱いた。どうしたらよいのかわからず、オウム返しをした後すぐに鎌田に視線を向けて状況の説明を求めた。

「とりあえず座りましょう」

そういって自身が椅子に座り、それを見てからわたしと金沢さんも座った。

「えーと、まずはそうですね。こちらの金沢さんはあなたのご両親を知っている方です」

意外な情報に間抜けな声が漏れ出てしまう。鎌田は突然とんでもない情報をさも何事もないようにすらっと言い放った。わたしたち双子の根底に隠された真実がついに解き明かされるのかと想像してしまい、不安な気持ちがすべての感情を上回った。激しくなる鼓動が鼓膜を刺激する。知りたい気持ちは当然なことながら、それ以上に真相を知ることに恐怖心があって逃げ出したかった。感情と体の乖離がわたしをその場に留めた。

「ちょ、ちょっと待ってください」

「どうしました？」

「わたしの両親を知っているってどういう関係なんですか。ただ知り合いだと紹介されても、その後語られることが信じられるかどうか判断できません」

「焦る気持ちはわかりますが、まずあなたはご両親のことを知らないので判断がつかないというのがひとつ。それにいまのあなたに必要なのはなによりも新情報を掴むことで、内容の精査はそのあとだとおもいます」

「そ、それはその通りかもしれないけど、理解と気持ちが必ずしも一致するとは限らないじゃないですか」

「そうですね。あなたの気持ちを無下にするのも心苦しくはあります。しかし私があなたのいまの気持ちに同調してしまっては、現状からなにも進展しません」

相変わらず今日は敬語で口調も柔らかいが、発言のひとつひとつに信念のようなものがあった。

「今日を迎える前に金沢さんから話を聞いています。私はいま、あなたの無実もあるかもしれないとおもいはじめています」

鎌田のその言葉がわたしには嘘偽りのない告白のようにおもえた。わたし自身が最初に脅す形で求めたことだが、真摯に向き合ってくれていることが心に染みた。

「辛くても、怖くても、逃げたくても、これから起こることにはちゃんと向き合ってください。それで現状を打破できるのなら、私はあなたのためにあなたに嫌われてでも甘えを許しません」

困惑を隠しきれず視線を金沢さんに移すと彼女の目からは涙が零れていた。たしかに当事者であるわたしの心には響いたが、よほどの優しい心の持ち主なのか涙もろいだけなのか、その様子はわたし以上に心打たれているようにも見えた。そしてわたしの視線に気付いた金沢さんが、ハンカチで目元の涙を拭いながら鎌田に次いで口を開いた。

「あたしのことをもこれから話すことも、すべて聞いてからあなたが判断するといいわ」

　そういって金沢さんはわたしの両親のことを話しはじめる。声は若干上ずっており震えもあったが、それは最初だけだった。

「あなたの本当の名前は時田美希。ＩＴ企業に勤めていた時田大樹と恵令奈の子なの。二人は大学時代に同じサークルでね、二人はすぐに意気投合していて付き合うまでにわりと時間はかからなかったわ……ついでにいうと、あたしもサークルメンバーでね」

　金沢さんは少しばかり恥ずかしそうに、声を尻すぼみにしていきながら言った。

「大学のサークルって、なにやってたんですか」

　どうでもよいことだとはおもいながら、わたしはなぜだか質問をしてしまう。

「ふふっ、あまりにもくだらなくて言いたくはないのだけど『唐揚げ愛好会』っていって、唐揚げはこんなにも万能でなんにでも合うんだっていうのを証明するサークル」

「あ、あぁそうですか」

特に答えは考えていなかったが、あまりにもくだらないサークルで反応に困って、質問したことを後悔した。

「みんな万能を証明するためにいろんなものを持ってきていたから、もはやただの食事会になっていたけどね」

わたしの困惑の様子を見てもなお、照れながらも唐揚げ愛好会について話すこの人のメンタルは強靭だとおもった。終わりが見えなかったのでこちらから話題を変えるための質問をした。

「それで大学を卒業した後はどうしたんですか」

「え？　あぁ、大樹は卒業後ＩＴ企業に就職してね、その三年後に卒業したあたしと恵令奈は同じ会社に入って事務をやっていたわ。それから二年後に二人は結婚したのよ」

どこか照れくさそうな笑みを浮かべながら話す金沢さんを不思議におもいながらも、わたしは続きを促すようにして彼女の話に耳を傾けていた。

「それから数カ月経って大問題が起きたの」

「え、二人に何が起きたんですか」

「いいえ、二人だけじゃないの」

「どういうことですか」

「日本中で苦しむ人が多かったわ。あの頃はＩＴバブル絶頂期っていうこともあって、順風満帆な生活を送っていたわ。でも、引き際を各地の企業が見誤ってバブル崩壊。これまで積み上げてきた業績が泡のように、一瞬で弾けていったことでどこの企業も巨額の損失を抱えてね。なかには粉飾決算とかするところもあったし、本当にすごかったんだから」

「それで日本はどうなったんですか」

よくわからない単語が混ざっていたがニュアンスでなんとなく理解した気がしたので、それらには突っ込まなかった。

「リストラが大量発生して首を切られた人たちは再就職するのも一苦労だった。二人も当然その被害を受けたわ」

「えーっと、失礼かもしれませんが、金沢さんはどうして残れたんですか」

「え⁉　あっ……いや、あたしもリストラされた一人よ」

「はぁ、そうなんですね」

なんだか金沢さんの話には表現に引っ掛かりがあったが、いちいち話の腰を折るわけにもいかずとりあえず受け流す。

「う、うん。それでね、仕事もまともに見つからないうちに恵令奈の妊娠が発覚したの」

「そんな大変なときに……」

「そうよね。それでただでさえ重荷を背負っていた大樹の背中にさらに重圧がかかって、このときばかりはイライラして荒れることも何度もあったわ」

「それは……」

「あ、ごめんなさい。決してあなたたちが重荷になったって言っているつもりはなくて、でもそう聞こえるわよね。ごめんなさい」

「いえ、大丈夫です。それよりわたしの両親は金沢さんにたいして随分あけすけに話をするんですね」

「それは……二人というか、あたしは恵令奈とすごく仲良くてね。あたしたち小さい頃からずっと一緒だったから。だいたい相談とか愚痴とかなんでも二人きりのときには打ち明けてくれていたわ」

なにか都合の悪いことを聞いてしまったのか、どこか困惑している。

「あはは、だからなのよ。あたしがいろいろ時田夫婦のことを知っているのは。恵令奈と親友というか、もう家族みたいにずっと共に過ごしてきたから」

「はい、納得しました」

気になることはあるが、貴重な情報源である彼女の機嫌を損ねないように微笑む。まるですべて信じているかのように。

「すみません、お二方。そろそろお時間なので今日はこのあたりで」

久しぶりに聞いた鎌田の声になぜだか少し安心感があった。

「あ、そうだ」

金沢さんがそういって手合わせてわたしを見つめる。

「どうしたんですか」

わたしが聞くと少し寂しそうな顔をする。

「あたしもだいぶ年取ったからやっぱりわからないか。金沢って名前に覚えはない？」

「……あっ」

わたしは数秒間、記憶を逡巡すると懐かしい思い出と温かい感情が蘇ってくる。児童養護施設で、食事の配膳のときに多めによそってくれたり、なにかとわたしを贔屓してくれていた、あの金沢さんだった。

「随分、大人になったわね。それだけ、またね」

わたしはなにも言えずにただ茫然と立ち尽くし、そのまま鎌田と面会室を退出していく金沢さんの背中を見送った。

孤独の鉄格子の中で今日のことを振り返った。金沢さんの話は概ね真実のようにわたしには聞こえた。それなのになぜだか彼女の話に引っかかってしまう点がいくつかあった。わたしの両親の話をしている金沢さんも同じ世界線にいるはずなのに、時々、どこか自分の存在をないもののように語るのだ。わたしの両親の話をしているのだから省いていると言われればそれまでだが、それにしてはわたしがその点を質問したとき、露骨にたじろいでいたし若干の歯切れの悪さも感じた。それに最後に打ち明けられたこと。金沢さんがあの児童養護施設の金沢さんだったなんて、本当に偶然だったのか。それともなにかからくりがあるのか。今後の自分のために必要なことなのかどうかの判別もつかない宙ぶらりんな疑問がわたしの脳内を埋め尽くす。もしからくりがあるのだとしたら、一体そこになにが隠されているというのか――。

　いつの間にか眠りについていた。翌日はスッキリしており、目覚めがとてもよかった。しかし、そんな状態でもいくら考えたところで昨日と同じ疑問に辿り着く。そして数日が過ぎ、金沢さんは再びわたしのもとへと現れた。

「おはよう」

　金沢さんはなんだか機嫌がよさそうだった。

「おはようございます。さっそくですが、前回の続きから話してもらえますか」

　何度考え込んでも進展のない疑問にモヤモヤしていたわたしは、両親のエピソードを貪欲に求めていた。

「ええ、わかったわ」

　少しばかり寂しそうな表情を浮かべる。もしかしたら、わたしとの昔話をしたかったのかもしれない。ただ、それはこの問題が解決した後にでも好きなだけできる。釈放されればの話だが。それよりもわたしはとにかく前へ進みたかった。

「職を失ってから妊娠が発覚して恵令奈は自分たちだけでも生活していくのがしんど

い状況でも赤ちゃんを産むつもりだったの。大樹は恵令奈もお腹の中の赤ちゃんも悪くないことは承知のうえで、状況を考えて反対したわ。でも、最終的にはそれでも『この命を見捨てたくない』っていう恵令奈の言葉と意思に根負けして了承したの」

こんこんと話し続ける金沢さんの言葉をわたしは黙って聞いていた。

「二人は切羽詰まっていることはわかっていた。それでも諦めて崖から落ちるくらいなら、目の前の道がいばらの道でも突き進んでいこうって意を決したってわけよ。それであなたたち双子が生まれた。これまで話した状況下でどのようにしてあなたたちを出産したか。これがすべてのはじまりなの――」

わたしなら迷わずおろしていたとおもう。でも、それはまだなにも経験していないわたしの考えに過ぎない。もし母親と同じ立場だったら、わたしも出産を選ぶのだろうか。そんなことを考えていた。

「二人で困難に立ち向かう決心をしたはいいけど、現実はあまりにも過酷だったわ。大樹の再就職はなかなか決まらず、恵令奈のお腹だけが良くも悪くも順調に大きくなっていく。そのうち貯金を切り崩していく生活も限界に達して、絶望そのものだったわ」

「そこで椋木のおじさんのところにきた」

　こどもの頃は知らなかったが、いまではおじさんが椋木マザーズクリニックという産婦人科をやっていたことは知っていた。

「うん、そうなんだけど……」

　このときの言葉に詰まった金沢さんはどういう言い回しで伝えればいいのか考えているように見えた。わたしとしてはありのまま事実だけを言ってくれればいいのだが、金沢さんとしてはそんな単純な話ではないのかもしれない。

「恵令奈はなんとかして出産する方法を調べたの。それで椋木マザーズクリニックの存在を知ってね。調べているうちにあまり良くない噂が立ち込めていることはその時点でわかっていたの」

「え？　それじゃあなんで……」

「他に選択肢がなかったからよ。なにがなんでも赤ちゃんを産みたい。でもまともな産婦人科にかかることはできない。もちろん産婦人科に頼らず自身のみで産むなんてリスクは選択肢になかった。だから、悪条件があろうとせっかくその身に宿した二つの命を産むためにはそうせざるを得なかった。当たり前だけど、この椋木マザーズクリニックでお腹の中の子が双子ってわかったのよ」

「周りに親戚とか友人とか頼れる人はいなかったんですか」

「前回話したけど、ＩＴバブル崩壊は日本中が巻き込まれた大事件なの。だから頼れる状態の人はいなかった。もし相談しても誰もがおろすように言っていたとおもうわ」

「でも、具体的にはどういう対応をしてもらったんですか」

「んー、簡単に言うと出産した後は、奴隷になることが条件って感じかな」

「へ？　それって……出産しても一緒に暮らせないじゃないですか」

「そうね。それでもなのよ。命を自身の都合で奪うという考えがなかったから」

前回は他人事のような言い回しが目立ったが、今回は随分と自分のことのように語る。金沢さんの言葉には熱があった。ますます目の前にいる人物が何者かわからなくなる。

「母親ってそういうものなんですかね。正直、わたしにはその感覚がわかりません」

そう告げると金沢さんは悲しげな表情を浮かべる。しかしそれが素直な感想だった。そのせいでわたしは不幸の一本道を辿ることになったのだ。なるべく穏やかに話そうと意識はしていたが、どうしても棘のある言い方になってしまったことの罪悪感に苛まれる。金沢さんが悲しい表情を浮かべるから罪悪感に苛まれたが、なぜ金沢さんが悲しむのだろうかともおもった。自身のことは全然語らないからわからないが、この人も母親でわたしの感覚に悲しんだのだろうか。それとも単純に仲の良かった友人とその娘のわたしが違う感覚を抱いていることにショックだったのか。はたまた他になにか理由があるのか。話を聞けば聞くほど真実に近づきながら金沢さんに対する疑問が肥大化していく。気にはなるが真実の解明が進んでいるいま、それは優先事項ではなかった。

「あなたもいつか母親になるときにわかるとおもうわ」

「わたしは……えっと、それより詳しく説明してもらえますか。先ほどの条件というのは」

「これは大樹がたまたま会話を耳にしてわかったことなんだけど――」

そういって金沢さんは当時の椋木マザーズクリニックのこと、時田夫妻のことを話してくれた。

「さまざまな懸念はあったものの、結局時田夫妻は恵令奈の『どうしてもこどもは産みたい』という意思のもと、椋木マザーズクリニックに行くことになったの。椋木寛治は表情が柔らかく温厚な雰囲気を纏っていて、第一印象から誰もその男が極悪人だとは疑わないとおもったほどにね。それで信頼して頼ったときにはもう後戻りはできない。本性に気付いたって、そのときにはもう抗う術は持っていないの。彼らは裏社会の人間と関係を持っていて、椋木寛治の力を借りた人間は裏社会の人物のターゲットになっているの」

「ターゲットっていうのはどういうことですか」

「彼らがしているのは人身売買とか臓器売買」

それはあまりにも現実味のない話に感じた。仮に真実だとしたら衝撃的な内容であることに返す言葉が見つからなかった。

「それがはじまったのは椋木寛治が毒島孝則を雇った頃から。つまり毒島が椋木寛治と裏社会のパイプ役みたいなものね」

情報の整理が追い付かないまま金沢さんの語りはどんどん先へと進んでいく。

「まず彼らがやったことが来栖鉄二の追放」

「え⁉　来栖……」

「あら、来栖鉄二を知っているの？」

「知っているというか、その……」

こんがらがっている頭がパンク寸前で言葉に詰まっていると鎌田から助け船がきた。

「彼女は夢で妹さんと会話をしたらしく、そのときの会話に出てきたんですよ。来栖のおじさんという人物が。この話を信じるかどうかは任せます」

「へぇ、双子のそういうのって本当にあるんだ!!」

「ちなみに来栖鉄二については美希さんの夢の話を聞いてから私も調べていますが、毒島の雇用と同時期に退職したということしかわかっていません」

「なるほどね。まぁ、そうよね」

「ちなみに、わたしが拘束されているときに毒島がそのような話を明かしていた気がします。とはいえ、わたしそのときひどい眠気に襲われていてすぐに眠ってしまったので詳しくは知らないいんですけど」

「そうなの？　なんで毒島はそんな話をしたのかしら」

「わかりません。あの男はなにを考えているのかイマイチ読めなくて」

金沢さんはなにか考え込んでいる様子だったが、もっと話を聞きたいわたしはしどろもどろになりながらも続きを促す。

「椋木寛治が欲しいものを手に入れるためには、とにかく真面目だった来栖鉄二が邪魔だった。そのときの彼の悩みをすべて解決できる男が毒島だった。もともと裏社会と繋がりを持っていたのは毒島だから」

「毒島を雇ったことで椋木寛治も関係を持つことができたってことですね」

「そして関係を持てたことで望みを叶えられるようになったわけ」

「具体的な内容も教えてもらえますか」

「それはいいけど、でも……」

「わたしは大丈夫です。おねがいします」

わたしの心情を心配して躊躇っているのは明白だった。

「ここからは情報源が大樹が聞いた話以外に、とある人物からの情報もあるんだけど」

「その言い方は、その人物については教えていただけないということですか」

「うーん、とりあえず大学の先輩ってところまでなら」

「明言できない理由はなんですか」

「はっきりと言えないわけではないの。いま正体を明かすと説明することが余計に増えるし、これまで以上に頭がパンクするとおもうわ」

「なにかしらに関わりのある人物ってことですか」

「そりゃあもうね。でなきゃ情報提供者になんてならないわ」

「そ、そうですね」

「ちゃんとそのときが来たらわかるわ」

「……わかりました。とりあえず本題の方をお聞きします」

「そのとき」「わかる」という単語が妙に引っかかった。わかるということは、特に説明をしてくれるわけではないということか。

「理解してくれて助かるわ。じゃあ、続き話すね」

　金沢さんはそう言ってわたしの両親の話を再開させた。

「椋木寛治にとって少女は性的対象だったの。だから彼はその性欲を満たすためにどうすればいいかを考えていた。産婦人科を開業したのもそのためだし金儲けもそのため。もちろん裏社会と関係を持つこともそのため。はじめから完全に欲望のために罪を犯すことだけ考えて生きてきたような男なの。本人からしたら、やっと条件が揃って野望が叶ったっていう感じなのかな」

「わたしと妹はその被害を受けたわけですね。それでわたしたちの両親はどうなったんですか」

どこにもぶつけようのない湧き上がる憎悪を抑え込みつつ質問をする。

「当時、時田夫妻は椋木寛治の悪評を承知のうえで出産を優先した結果、二人揃って人身売買される予定だったの。産まれてくるあなたたちの世話を椋木寛治自ら買って出てくれてね。時田夫妻には、その間に生計を立て直せって言って、仕事先まで紹介してる」

「でも、それは嘘で人身売買が本当の目的なら二人はいまはもう……」

「恵令奈の意志を尊重して出産には同意したけど、それでも椋木マザーズクリニックへの不信感を拭いきれなかった大樹は病院が閉まってから一人で頼み込みに行ったのよ」

「一体なにを？」

「自分はどんな目に遭っても構わないから恵令奈を見逃してくれって。一般的な仕事を紹介してコツコツ返せなんて話あるわけないからね」

「じゃあ、はじめから酷いことされるのをわかっていて……」

「うん」

「母はそれを了承したってことですか」

金沢さんは首を横に振る。

「そうじゃないわ。事後報告なの」

これまでわたしに情報として真実を語っていた様子から、金沢さんは自身の悲劇を打ち明ける人物のようになり、声のトーンが落ちた。

「当然反対はした。大樹は頼み込む前に彼らが人身売買していることを盗み聞きしたこと、それがバレて拘束されたこと、その状態で頼み込んだことを全部話してくれた。それを聞いて反対しないわけないわ――」

＊

産婦人科の入り口前まで来て椋木寛治が出てくるのを待とうとしたとき、院内の一室だけ明かりがついていることに気付き、その窓をノックしようとした。そのとき窓越しに椋木寛治の声が聞こえてきた。どうやら誰かと電話をしているようだった。

「あぁ、新規が二人だ。名前は時田大樹と時田恵令奈だ。大樹が二十八歳で恵令奈の方が二十五歳。女の方は見た目も悪くない。あぁ、期間はいつも通りでいい、だから高値で頼むぞ――」

　とても聞いていられる会話ではなかった。全身に悪寒が走り身震いが止まらない。俺は頼むことは無意味だと察し、その場を去ろうと一歩足を引くと、背中が壁に激突したかのような衝撃が走り反動で前のめりになる。真後ろはいま通ってきた通路だ。なにかにぶつかるわけがない。俺は恐る恐る振り返った。

「あなたはたしか……本日来院していた、えっと、まぁ、名前はいいか」

　全身から血の気が引いていくのが分かった。恐怖で声が出ず体も硬直してしまい、その場に立ち尽くしていた。ぎりぎり窓の光が差し込まない暗闇からなにかが俺に向かって飛んでくるのが分かった。それが拳だと気付いたときには男の拳は俺の顎を捉えていた。脳震盪を起こしたのか意識が遠退いていってそのまま倒れこんだ。

　口の中がズキズキして痛む。口を少し動かすだけで下顎に激痛が走った。意識が戻ってゆっくりと回復していく視界が明瞭になると、目の前には二人の男がいた。一人は椋木寛治でもう一人は先ほど俺を殴った男だった。

「さて、意識が戻ったところできみの処遇を決めようか」

そう言ったのは椋木寛治だった。

「安心してください。殺しはしませんから。なにせせっかくの商品ですからね」

俺を殴った男は不敵な笑みを浮かべながら告げる。それも俺が椋木寛治の電話の内容を盗み聞きしたことがバレているので隠す様子もなかった。

「まずはきみの主張でも聞こうかね。なにしに来たのかも含めてね」

「ここに来た目的は先生にお願いしようとおもって来ました。そしたら窓越しに先生の声が聞こえてきて」

「お願いとは？」

椋木寛治は表情ひとつ変えることなく問いただしてきた。

「正直、先生の優しさは異常で裏があるのではと疑っています」

「がははははは！　これは面白い。実に面白いね。毒島くん」

椋木寛治は豪快に笑い飛ばしてそう言うと、毒島と呼ばれていた俺を殴った男は

「ええ」とひとこと添えて頷き、同意した。電話の内容からも殺される可能性はなく、現状拘束されている以上逃げ道はなく小細工も無駄だとおもい、ありのままを話した。

「俺はどんなにひどい目に遭っても構いません。だから妻を見逃してほしいんです。妻はどうしてもこどもを産みたがっていて、それでここに黒い噂があることも承知で訪れました。俺はその黒い噂の不安を拭えずにいたのですが妻はこどもを産むことが第一なのでそこまでここの噂を重要視していませんでした。本当にいつかここに戻ってきてこどもと再会できるとおもっています。だから、その……」

「きみは奥さんを守りたいと」

「はい」

「だから奥さんの分も自分が酷な目に遭うと」

「そうです」

「うんうん、考慮しよう」

意外にもあっさり受け入れられたことに驚いた。恵令奈のことを想うとおもわず顔が綻ぶ。

「じゃあ、死のうか」

椋木寛治の言葉に綻んだ顔は一瞬にして血の気が引き、絶望へと切り替わる。

「そうですね。それが一番高額ですからね」

毒島は椋木寛治に同調する。

「騙すのが難しいから通常は働いてもらうという体で海外に送り込んで人身売買をしているのだが、そこまでいうならきみは臓器売買にしよう。健康には自信はあるかな？　売れる物全部売ろうね」

「ちょっ、ちょっと待ってください！　えーっと、えーっと」

俺の慌てぶりを見て椋木寛治は豪快に、毒島は薄気味悪く笑う。

「これに交渉の余地はないよ。我々の取引相手は確実性を求めるタイプでね、生きている人間は役に立つのか、いつまで生きられるのか、不安材料が多いから人身売買には高値がつきにくくてね。ところが、臓器は検査して問題がなければ役に立つこと間違いなし。案件は無数にあるらしくてね。一切適用できない場合の方がめずらしいとまでいうのだよ。だから臓器売買には高値がつく。きみが奥さんの分まで背負うというのなら、高額の臓器売買しか選択肢はない。そもそもなんとなくイメージできるだろう。女の方が価値が高いんだよ。見た目が良ければいいほど、年齢が若ければ若いほどにね。それを一人の男が背負うとなると腹を括ってくれないと」

俺はうな垂れた。椋木寛治は立ち上がり近づいてきた。そして肩にそっと手を置いて俺の耳元で囁いてきた。

「いいじゃないか。かっこいいよ。愛する奥さんのために命を懸けるなんて――」

＊

「帰ってきた大樹は顔面蒼白といった感じで足も覚束ない様子だった。はじめは嘘をついてなんとか説得しようとしていたけど、明らかに様子のおかしい大樹に恵令奈は騙されることもなく嘘を見抜いてね。それに観念したように大樹は本当のことを話した」

金沢さんはわりと細かなやり取りまで説明してくれたが、わたしには人伝に聞いた話をそこまで詳細に話せるものなのか甚だ疑問だった。もしかしたら金沢さんは、故意でも無意識でも話を作る習性があるのか、もしくは金沢さんは――。

もし前者であるならばこれまでの話の信憑性も危ういが、もとよりすべてを妄信するつもりはなかった。気になる点や話をもとに気付いたことは調べるつもりでいた。とはいってもわたし自身は隔離されているので鎌田に頼むわけだが。そして後者であるならば……は考えないようにした。いまは事件の真相とはまた別の考え事を作りたくなかった。

「最終的にはこどものために恵令奈だけでも確実に生きていた方がいいという大樹の主張を覆すことができなくてね」

「でも結果としてわたしたちは椋木寛治のもとで暮らした。母はどこでなにをしていたのでしょうか」

「大樹もその後のことは考えていて、大学時代に専攻が同じだった仲良しの先輩に相談していたの。先輩は経済的支援はできないけど、ちょうどその頃に個人的に調べ物をしていて人手を欲していたみたいで、それを手伝えるならば恵令奈を助手として匿うことくらいはしてくれるって約束を取り付けていたみたい」

「じゃあ、母はそこに？」

「ええ、それで職は自分で見つけて働いていたわ」

「では、母はいまもそこで暮らしているのですか。もし、そうなら――」

「その先輩っていうのが情報源なの！」

　不自然な様子もお構いなしに突如わたしの発言を遮る金沢さん。その発言は先ほどの疑問を解決するものだった。

「名前は来栖翔。来栖鉄二の息子よ」

「え!?」

「驚くわよね」

「じゃあ、調べ物っていうのは」

「お父さんのことについてよ。不当な解雇から資産を失いそのまま失踪」

「資産を失ったっていうのは？」

「ほぼ間違いなく椋木寛治が絡んでいる」

「なんで失踪？　息子がいるのなら失踪することはないんじゃないですか」

　わたしがそう問うと、金沢さんは数秒考え込んでから言った。

「児童養護施設で働いていてさまざまなこどもに出会った。親がいない子、捨てられてしまい親の存在を知らない子、親はいるけど虐待が酷くて施設に入った子とか。なかでもひと際関心を寄せられたのは、こどもを愛しているのに生活苦のため、施設で預かってほしいという親子だったわ。こどもはまだ小さくて状況を理解できていない様子だった。母親のほうがこどものように泣きじゃくっていて話をできる状態にないから、付き添いで来ていた人が事情を説明してくれたの。あたしはそこに興味をもって、どんな事情で親子が離れるのかを調べてみたの。その過程で車上生活者の記事をみかけてね。車上生活ってどんな暮らしなのかなって調べてみたことがあるわ。家族がいるのにホームレスや車上生活をしている高齢者がいて、なぜ家族を頼らないかという質問に『迷惑をかけたくない』って答えていたの。これは個人の考えだから必ずしもそうとは限らないのだけど、もしかしたら来栖鉄二もそういう類の考えがあったのかもしれないわね」

「それなら生活保護とか」

「あなたは新しいことをはじめるときにメリットよりデメリットを優先して、なかなか行動に移せないことってない？」

「え？　急になんですか。まぁ、たしかにそれはあります。それで結局諦めちゃったりして」

「それと一緒なんじゃないかな。本当はちょっと調べたり役所に行ったりするだけで解決するのに、突然の状況に慌ててそういう選択肢が思い付かなかったり、勝手にハードルを高く見積もって、それなら一人で生きる道を選ぶことが気楽に感じて自ら孤独になることを選んだんじゃないかな。全部想像なんだけどね。そういうのがあるんじゃないかなって」

「たしかにそうですね。わたしたちが考えられることも考えられないことも、いろいろな理由が存在しているんでしょうね」

「話を戻すけど来栖翔はお父さんについて調べていたから、実質的に椋木寛治のことを調べているようなものだった。恵令奈には大樹のこともあるから、その調査を手伝うことに価値があったわけ」

金沢さんとの二回目の面会はここで時間がきて終わることになった。

独居房に戻ってからあることが頭から離れなかった。母はわたしたちを是が非でも出産するという選択をしたのに会いたいとはおもわないのだろうか。それかいまの娘が死刑囚の烙印を押されてしまったことは愛想が尽きるに値する理由だったりするのか。一概に母を責めることはできなかった。なにはともあれ鎌田と金沢さんが接触しているのなら、わたしの状況を母も知っているはずだ。古くからの友人で世間話や相談事などを日頃からしているのなら、母から金沢さんへの一方的な発信ではないだろう。金沢さんから母への発信があるにもかかわらず、わたしに会いに来ないのはなぜか。それともやはり金沢さんが――。

面会後も事件のことというよりは金沢さんと母のことで頭がいっぱいになり、その日を終えることとなってしまった。その後も金沢さんや鎌田から話を聞いては独居房の中で整理する日々が続いた。この頃には半ば諦めからか若干の余裕が心にうまれており、読書をするようになっていた。本は昔から好きな方ではあったし、なにしろ他にすることがないのでいい時間消費になった。事件のことを考え疲れたら休み、少ししたら読書をして時間を潰す。それらを繰り返して寝る前にはこうして手記を書くために机の前に座る。スラスラ書き進めることができる日もあれば、何時間経っても一文字も書けない日もあった。とはいっても事件のことを考えたときに、急に不安に駆られたりイライラしたりという日も数日に一度くらいのペースであった。事件の内容に関してはとっくに整理はついており、新しい情報が追加されたりされなかったりしているだけで、何度も何度も幼少期からこれまでの時系列を追いかけ続けることで精一杯だった。そんななかでふと、わたしにはあることが引っ掛かった。

7．証人尋問

「どうでしたか」

ドアが開き鎌田の姿を見るや否やわたしは口を開いた。鎌田は言葉より先にボディランゲージで伝えてきた。わたしはそれを見て肩を落とす。足腰の力も抜けて椅子に座り込む。

「当時あなたは少女でしたし出血の様子も見られなかったということで、警察は現場の血痕に関してあなたを外したのでしょう」

「そう。取り調べでも一切ＤＮＡの話は出てこなかったから、もしかしたらと思ったんですけど……」

「当時のＤＮＡ鑑定というのは一卵性双生児を識別することは難しく、現場に残っていたＤＮＡが妹さんのものでもあなたと一致していた可能性は大いにありました」

わたしの当ては外れた。これで現場に残された血痕からなにかしらわかれば、妹の存在を確固たるものにできると期待していたのだ。このまま空振りで終えてしまうのか……。

「当時ってことは、いまは？」

「専門的な話は省いて簡潔に言うと最近は識別できるようになっています」

「それじゃあ」

「ただし、それにはとんでもない手間暇がかかるうえに、試料が少なかったり変異の少ない若年期の場合は識別できないことも多々あります」

「やるだけ無駄ってことですか」

「まあ、そういうことです」

鎌田は短く答えて頷いた。何度経験しても慣れることのない挫折が精神的に与えるダメージ。刻一刻と流れる時間に面会室では秒針の規則正しいリズム音だけが聞こえる侘しい空間となっていた。このとき事件のことは考えていなかった。（あ～、この沈黙心地悪いな～）などと戯言を心中に抱いていた。頭をいくらひねっても出てこなかったような疑問が、こういうくだらないことを考えているときにおもいつくことはよくある。それでもなぜか必死に考え込み頭を悩ませるのだから人間は大変だとおもう。そして今回がそれだった。だからわたしは鎌田に疑問を投げかけた。

「ところで、悪評で名を馳せているわりに警察のお世話とかにはならなかったんですか」

「え？」

　鎌田は素っ頓狂な声をあげる。精神的に余裕のないときなどになにかおもいつくと、自分の脳内では話題がはっきりしているのでついその主語を抜いて質問してしまう。わたしが嫌いなタイプの人間と同じことをしてしまったことで自分に苛立った。

「ごめんなさい。椋木寛治の話です」

「というと？」

「悪評は広まっていても諸事情を抱えた人が頼る。そのことを警察は把握しているのに野放しにしていたのかなっておもって」

「評判はあくまで噂の域を出ないので警察が動くまでには至りません」

「んー、完璧に隠蔽できるものなんですかね」

「警察は……というよりこの世に正義の味方はいませんし法律も正義ではありません。もちろん弁護士である私も同様です」

「……」

堂々と宣言された言葉に面食らって意味を理解するのに時間がかかった。

「いまのあなたに追い打ちをかけるような話で申し訳ありませんが、人が人である以上、完璧は存在しません。法律は穴だらけで悪用しようとおもえばいくらでも……」

「もういいです」

まさにその状況を実感しているわたしには聞くに堪えない話だった。

「申し訳ない。つい……」

俯いたわたしに鎌田の顔は見えなかったが、声色から罪悪感を抱いているのが伝わってきた。

「いえ、大丈夫です。たとえば警察の誰かと繋がっているとか、警察も介入できないなにかがあるとか」

「もしそうであればなににしても無駄でしょう。それは考えないようにしましょう。とりあえず来栖翔さんと話してみます」

「調べてもらうということ?」

「ええ、もし警察の目を掻い潜っているのなら彼の方が調べる能力に長けているでしょうから」

鎌田は手帳にメモを取りながら返事をした。

「頼んでばかりでごめんなさい」

その真摯な対応に申し訳なくなりつい謝罪をする。

「そんなこと気にしていません。おもったことがあればなんでも提案してください」

鎌田の頼もしさが心強くてそれだけで希望が少し持てた。楽観的と言われればそうかもしれないが、こうした希望を持つことすら久しぶりのことで、どうしても期待値は勝手に上がっていった。

「それでは今日はこのあたりで」

鎌田は立ち上がる。

「ありがとうございました。調査の方、よろしくお願いします」

わたしは深く頭を下げた。鎌田への礼もそうだが、それとは別に心の中で必死に祈っていた。（なにか手掛かりが見つかりますように）と——。

二〇一九年二月十日（日）

「裁判長！　椋木寛治と毒島孝則について重要な証人の申請をします」

「認めます」

「ありがとうございます。証人として来栖翔さんをお呼びします」

来栖翔が証言台の前に立つ。見た目はやせ細っていていくらか老けて見える。わたしの父のひとつ上ということは、いまは五十代後半であるが若干腰は曲がっており、頭髪は真っ白で足腰が悪いのか杖をついている。顔は皺だらけで頬骨が出っ張っており、洋服のサイズは明らかに大きい。ガリガリであることが一目でわかる。七十、いや八十代といわれてもなんの疑いもなく受け入れられるような容姿をしていたようにわたしの目には映った。雰囲気だけをなんとなく知っていたお決まりのやり取りが目の前で行われる。まずは裁判官が質問をして証人の素性を明らかにし、その後嘘をつかないことを誓わせるのだ。

「宣誓書を朗読してください」

裁判官が言った。

「宣誓、良心に従って真実を述べ、何事も隠さず、偽りを述べないことを誓います」

来栖翔の宣誓を聞くとその話し方からはまだ老人というような感じは微塵もなかった。老けているのは見た目だけのようにもおもえる印象だが、直感的になにかが引っ掛かっていた。そんなことを考えているなか、鎌田の尋問が開始されると意識がそちらに吸い寄せられた。

「では来栖さん、まずはあなたと椋木寛治ならびに毒島孝則とはどのような関係ですか」

「ぼく自身は直接の関係はありません。ですが、ぼくの父親来栖鉄二が、かん……椋木とは幼少期からの腐れ縁らしく、その関係の延長線上で椋木マザーズクリニックを二人で立ち上げることにしたみたいです」

傍聴席はにわかにざわついた。傍聴席とは違う理由でいまの証言がわたしには引っ掛かった。

「静粛に！」

なかなか収まらない様子を見兼ねて裁判長が注意喚起をする。

「では毒島孝則についてなにか知っていますか」

鎌田は場が静まり返ったのを確認してから質疑応答を再開した。

「はい。毒島は来栖鉄二が不当解雇されるのと入れ替わるように椋木に採用された人物です。この毒島を雇用したのには目的があり、そこからがらりと経営方針が変わったんです」

「どういった具合に変わったのでしょうか」

「真っ当な産婦人科から私利私欲のための産婦人科にといいますか、ぼくの父親は真面目な人間でした。友人の間柄でいたうちはそれでよくても、ビジネス仲間となると欲の塊である椋木にとっては、親父は邪魔な存在でしかなかったといったところでしょうか」

「椋木寛治の私利私欲というのはなんですか」

「椋木は強欲でお金にがめつく、幼子に性的興奮を覚える人間で、それこそが産婦人科をはじめた理由です。要するに椋木の目的とは幼女を飼い慣らすことです。最初は資金確保のために真面目に運営していました。資金は犯罪の発覚を防ぐ仕組みとお金を稼ぐ仕組みを作るため。ですが金稼ぎに関するノウハウを持たない椋木にはいつまで経っても計画を達成する気配はなく、そこで手っ取り早く仕組みを完成させるために頼んだ助っ人が毒島なんです」

来栖翔の話に関してまだ証拠は提示されていないただの証言だ。それでも再び傍聴席はざわつき、わたしはそちらに目を向けると記者たちの目は光を宿し、その他の傍聴人は目を見開いていたり、にやついていたり、それぞれがスクープの予感を嗅ぎ取って興奮を露わにしているようだった。

「っぱかばかしい。裁判長！　証人の証言はあまりにも絵空事であり真実味がありません」

「弁護人、この証言の真意はなんですか」

「裁判長、証人の話は現実離れしてはいますが、これは真実でありこの後に証言の根拠となる資料も提示します。証人尋問の再開を希望します」

裁判長は逡巡した後に答えた。

「引き続き弁護人側の証人尋問を認めます」

検察官は露骨に舌打ちをしてガサツに椅子に座って不満を見せつけた。

「ありがとうございます」

鎌田は一礼してから振り返り尋問に戻る。

「つまり被告人の椋木美希は椋木寛治の計画によって引き取られたということです

か」

「はい、その通りです。美希さんが過去の裁判で証言していたのは真実で一卵性双生児ですから——」

以前わたしが裁判でした証言は事実ではあるもののストーリー性がなく嘲笑う声すら聞こえてきた。しかし、今回はわたしが明かせなかった真実とともに告げられた戸籍の持たない双子という話に、場はこれまでにないほどに静まり返っていた。

「では来栖さん、いまの証言に至った経緯を教えていただけますか」

鎌田の質問に来栖翔は、自身と時田夫妻との関係について語り、その後時田夫妻に起きた出来事を証言した。そして来栖翔は大樹の頼みを聞いて恵令奈を匿ったことまで話した。

「時系列でいうと時田恵令奈さんを匿うよう頼まれる前に、ぼくの親父は解雇され失踪しています。だからぼくはもともと単独で椋木マザーズクリニックについてリサーチをしていました」

「あなたがこれまでに調べてきたことをすべて話していただけますか」

「もちろんです。そのためにここに来ました。まずは連絡が来なくなったことを不審におもいました。恥ずかしい話ですが、ぼくは定職に就かず半世紀以上生きてきました。そのことで親父は毎日欠かさずといってもいいほど頻繁にぼくに連絡をしてきていました」

「その連絡がある日を境に一切こなくなったと？」

「はい、失って初めて気付くとはよく言いますがまさにそれでした。親父からの連絡が来なくなって三日ほど経過してぼくから連絡しました。年齢も年齢なのでもしかしたらとおもってものすごく焦りました」

「あなたからの連絡に返事はありましたか」

「いえ、結局連絡が来なくなってからは一度も……」

「なるほど、それで父親の行方を探ろうと？」

「その通りです」

「警察に失踪届を出そうとは考えなかったのですか」

「考えがないわけではなかったのですが、年間失踪者数ってものすごく多いって聞くじゃないですか。当てにはできませんでしたね」

「なるほど。それであなたはどのような調査をしたのですか」

鎌田の問いかけに返事をすると来栖翔は目を閉じて大きく深呼吸をする。それからゆっくりと目を開く。そこには覚悟を決めたような力強い眼差しが見えた。

「まずは椋木マザーズクリニックのＨＰを見ました。トップページには特におかしな点はなかったが、相談窓口のページに飛ぶと違和感のある文章が書いてあったんです」

「裁判長、ここで来栖翔さんが調べ上げた椋木マザーズクリニックについての資料をすべて提示します。ここからはそれらを確認しながら証言を聞きたいとおもいます」

「異議あり！　それらは個人が用意したものであって、捏造の可能性もあり証拠としての妥当性がないものと思われます！」

検察官は明らかにフラストレーションを溜め込んでいた。

「……資料の提示を許可します」

「裁判長‼」

即座に爆発した。

「あくまで弁護人側は資料の提示を要求しているだけで証拠の提示とは言っていませ

ん。それが捏造かどうかも含めて中身を確認する必要はあるとおもいます」

この裁判長の言葉に検察官は苦虫を嚙み潰したような表情のままおとなしく座り込む。

そんな検察官を尻目に鎌田は資料を配布していく。

「まずはさきほど証言にあった相談窓口に書いてある文章です。資料の一ページ目を見てください『どのような事情でも最大限、力になります』と書いてあり、その下には『相談内容はこちらから』というボタンがあります。来栖さん、こちらのボタンをクリックするとどのようになるのですか」

「この相談窓口のボタンがすべての始まりとなります。ワンクリックすると画面上では要件を記入するページに移行されますが、その裏で強制的にダウンロードが開始されます」

「一体、なにをダウンロードされているのでしょうか」

「ダークウェブという世間一般の人々が普段利用することのないもので、みなさんが普段使っている検索エンジンやウェブサイトの悪い版といいますか、銃や薬物の取引やこの後詳しく話す椋木寛治がやっていた人身売買、臓器売買などさまざまなことが行われています。そのダークウェブを利用するために必要なブラウザなどが、強制的にダウンロードされて完了すると記入した要件を送信後、ダークウェブにある椋木マザーズクリニックのHPに繋がるわけです。あまりネットに詳しくなくて多少使い方だけを理解している人からしたら、単純に画面が切り替わっただけにおもい、不審がったりはしないでしょう」

「そこでやり取りをしていたため、悪評は広まるものの具体的な証拠は出てこなかったと」

「そうです。ダークウェブは特別なツールでしかアクセスできません。そのため匿名性も高く、IPアドレスや閲覧履歴などが匿名化されるなど、ほぼすべてのトラフィックが暗号化されているので追跡回避に長けています。それが犯罪に使われる理由でもあります」

「しかし、それでは利用者が告発したりすることもあるのでは？」

「さきほど少し触れましたが椋木寛治はそれをさせないために、人身売買や臓器売買をしていました。『最大限、力になる』とは、椋木自身に最大の見返りがあってのことです。訪れた人物の願いを叶えることの代償として、その訪れた本人が犠牲となり椋木寛治および毒島孝則の財産と成り代わっていたわけです。このダークウェブを利用した経営を考えたのは毒島孝則でこういうやり方をするために、椋木寛治は毒島孝則を雇ったわけです」

「その話の根拠はありますか」

「資料の二ページ目がダークウェブでの椋木マザーズクリニックのHPです。そして三ページ目からはダークウェブ間での椋木寛治と毒島孝則、そして二人が人身売買や臓器売買の取引相手である裏社会の関係者らとのメールのやり取りです」

突拍子もない話ではあるが誰もが信じている様子で、静寂な空間が異様な空気感を放っていた。わたしは鎌田と来栖翔がどのような打ち合わせをしてこの裁判に臨んだのか知らなかった。だから裁判官、検察官、傍聴席と一緒になってわたしは衝撃を受けた。その後も、鎌田と来栖翔のやり取りは話を聞く者の心を支配していく。メールのやり取りには来栖鉄二についての詳細や、わたしと警察の毒島に対する認識の違いが解明されるやり取りもあった。わたしが金沢さんから聞いたことやそれに関するさらに先の話、その他にも新情報などが満載だった。毒島に関しては整形や身分証偽造を請け負っている業者との取引。これまでの椋木マザーズクリニックで担当した人物たちの送り先との取引。そしてその端々に裏社会に生きる人物との交渉や協力要請、取引の様子。これまで闇に包まれていた椋木寛治と毒島孝則の悪行が次々と露わになっていった。そのなかでも、ひと際この場の人間の関心を総なめしたのは毒島孝則の生存だった。無論わたしの注目もそこにあった。そして二人はやり取りのなかでこの資料についても明らかにした。

「最後にこの資料の証拠能力についてですが、あなたはなぜこのような情報を入手することができたのでしょうか」

「はい。包み隠すことなくすべて正直に告白します。違法行為であることは百も承知で椋木と毒島のＰＣをハッキングし、本人のアカウントを不正利用してメール復元などデータを取得しました」

「それであれば椋木寛治殺害事件のときにＰＣも警察が証拠品として押収しているでしょうから、警察の捜査ですぐに真相が判明しそうですが、警察が見つけられなかった情報を来栖さんが見つけられたのはなぜでしょうか」

「調査目的の違いではないでしょうか。警察は椋木殺害の捜査をしているので、せいぜい人間関係を洗うことくらいで、基本的に産婦人科のデータが入っているだけのＰ

Ｃをそこまで入念に調べなかったんだとおもいます」

「なるほど。来栖さんは父親の行方を追うためにＰＣのデータを隅々まで調べたということですね」

　これには驚いた。この意志の強さはなんなのだろうか。来栖翔は続けて話す。

「ぼくはどのような処分でも受ける覚悟があります。だから厳正なる判決と再捜査。それと……ぼくはさきほど警察はあてにならないから失踪届は出さなかったと言いましたが、これまで自身で調査をしているなかで、危険や限界を感じました。なので、警察には改めて親父を、来栖鉄二の捜索をお願いしたい。そのためにぼくはここに立つことにしました」

　自分の人生と引き換えに父親を見つけたい。その覚悟がわたしにはわからなかった。こどもにとって親とはそこまで重要なのだろうか。大事ではあっても自身の人生を捨ててまで追い求めることなのか、両親という存在がいなかったわたしには想像もできなかった。

「もちろんぼくの用意したこれらが証拠になるとはおもっていません。しかし、これを機に警察がこれらの情報を見つけられれば、それは証拠になりますよね」

「裁判官、弁護側は被告人椋木美希の無罪主張、そして椋木寛治殺害事件の正式な再捜査を求めます」

鎌田がそういうと、これまで聞き入っていた傍聴席が事前に口裏を合わせていたかのように一斉に感嘆の声を漏らした。わたしは冷静を装っていたが、かなり興奮していた。しかし、ダークウェブやメールのやり取りから妹の存在は明らかにならなかった。その点は今後の難点となるだろうが、これだけのことが証明されればわたしの「双子の妹がいる」という話も可能性としては十分に考えられるだろうと希望が持てた。気持ちに余裕ができたのか、このとき初めて傍聴席にいる里美の姿に気が付いた。

8．未来

「主文、被告人を無期懲役とする！」

　裁判官の力強い声が胸を打つ。感極まったわたしの目から流れ出す涙は止まず、死刑の恐怖から逃れ全身の力が抜けて膝から崩れ落ちた。全力で喜びたかった。なにを言えばよいのか感情表現の仕方がわからなくて言葉にならない呻き声を出していた。それが精一杯だった。そんなわたしとは対照的に傍聴席にいた里美が大騒ぎしている声が耳に届いた。最後までわたしを信じてくれて助け船を出してくれた。すべて里美のおかげであった。わたしは後ろを向くと飛び跳ねながら喜ぶ里美がまず視界に入ってきた。その後方では慌てて退出する人物が数名。もう裁判も終わりだというこのタイミングで騒いでいた里美が警備員に引きずられて追い出されていた。判決による安堵から少し余裕ができたのか、その光景を見たわたしの頬は緩んだ。

「おめでとう……は違うのかな」

面会に来た里美が笑顔で言った。死刑から減刑されて無期懲役となってから数日が経つ。

「うーん、まぁ、ひとまずって感じだね。本当にありがとう。全部里美のおかげだよ」

「私はなにもしてないよ。美希のこと信じただけ」

「信じてくれたからだよ。それがなかったら、弁護士の旦那さんも紹介してもらえなかったし、この状況を迎えることはなかったから」

「この調子で早く無罪が証明されて出られるといいね」

「……うん、そうだね」

それまで素直に楽しくキャッチボールできていた会話にぎこちなく返答してしまう。

本当に嬉しかった。だから裁判でも自然と涙が溢れた。この感情に嘘はなかったのに。それでも、進展があったからこその苦悩があったのだ。いまのわたしには時間が有り余っていた。日々することはなくとも時間だけは安定して存在しており否が応でも考え事をしていた。もともとわたしは無実で捕まっているのだから釈放されて当然の存在だ。だから冤罪が証明されて外に出ることを望んでいた。しかし、本当に冤罪が証明される日は来るのだろうか。わたしが死刑から無期懲役へと減刑されて数週間が経ち、来栖翔さんはハッキングや不正アクセスなど諸々の違法行為で捕まってしまっている。それと引き換えに椋木寛治殺害事件から始まった一連の事件の（来栖鉄二さんの捜索も含めた）再捜査が行われている。捜査の過程で毒島の生存やわたしの妹みらいの存在が浮き彫りになってきている。ニュースでは連日大々的に報道されていた。当人であるわたしは刑務所の中でテレビを見てそれを知る。証明できなかったから裁判でも使えなかったＤＮＡ鑑定だが再捜査によって椋木邸を調べた結果、わたし以外の人物の生活の痕跡が見つかり毛髪などから解析を進めたところ、わたしと近しい存在である人物のものであることが判明した。これにより警察の中でも戸籍のない妹の存在がわずかながら真実味を帯びた。さらに来栖翔さんの裁判での証言をもとにした再捜査で毒島の生存の可能性も示唆させられた。これらの事実に事件の真相がこれまで追ってきたものと違うのではないかという可能性を見せられたことは大きな進展だった。とはいえ、その近しい存在のＤＮＡと椋木寛治の遺体付近にあった本人以外の血痕が一致するかどうかというのはなかなか判明させることが難しいようだ。新事実がいくら出てこようとそれらはわたしが犯行をしていないという証明にはなってくれなかった。まだまだわたしは容疑者筆頭であり無期懲役が覆ることはなかった。序盤こそ新情報が噴水のように湧き出てきたが、どれも決定的なものにはなり得なかった。その間も里美とは面会だけではなく手紙のやり取りもしていた。それが精神的な支えとなり日々を過ごしていた。囚人の生活ではテレビを観ることは娯楽のなかでも人気があり、わたしもまたテレビを観て時間を潰していた。里美の手紙では雑談から始まり、テレビのニュースだけでは知り得ない世間の様子を事細かに文章化して教えてくれていたのだ。

わたしは指名手配もされていてニュースでも顔写真が出ている。いまや顔を知っている人はこの国に大勢いるだろう。もし仮に真実を掴むことができたとして釈放されたとき、まともな生活は待っているのだろうか。生きにくい世界が待ち構えているかもしれない。というより、何事もなかったかのように過ごせたらおかしい。実社会がどうなっているかというよりは、自身の目にはもう社会が歪んで映り続ける。そう考えているうちに罪は背負いたくないが、世間に復帰したいという気持ちが日に日に薄れていく。この先どうなることが自分の希望なのかがわからなくなっていた。そんなことを考えているとき時間だけを所有しているわたしは、たびたび思考が脱線する。金沢さんから聞いた話を思い出す。いつの間にか問題意識の違いについて考えはじめていた。現実味のない真実を抱えているわたしは自分とホームレスを照らし合わせた。ホームレスといえば誰もが金銭面に問題があると考える。そして名称の通り家がない。実際にそういう人が大半なのだろう。しかし、それだけならば生活保護を受ければいいだけだ。でも実際にはそうしない、またはできない人がホームレスという選択肢を選ぶ。なぜそうしたのか。それぞれの人生があり、あえてその道を選んだ人もいる。そこに重要な何かが隠されているのに深掘りされることはない。蚊帳の外の一般人は、ホームレスという一括りにする。金も家もない惨めな存在と決めつけ、関わりたくないと考える。世間が大切にしているのは物事の真偽ではなく、自分たちの考えが真実だと信じることなのだとおもった。そんなことを考えていると脱線した内容から再び自身の今後のことに思考が戻る。

「こんな世の中に戻る意味があるのか」と自分自身に問いかけてしまっていた――。

二〇二〇年十月八日（火）

無期懲役になってからというものの、面会での里美とのやり取りで元気をもらっては独居房に戻ってから考えては落ち込むといったことを繰り返す生活だった。気が付けば一年半以上もの時が経過。依然として毒島とみらいの所在に進展はなかった。まったくと言っていいほどに情報が集まらないようだ。この頃には、わたしの中でやっとある決断に至っていた。その頃、二通の手紙が届けられた。一通はいつも通り里美からだった。これまでに里美以外からは手紙が送られてきたことがないが、この日はもう一通届いていた。誰からなのか封筒をスライドさせて確認する。もう一通は金沢さんからだった。名前を見た途端にその存在が脳裏に蘇る。いま再会したわけではないが、とてつもなく久しぶりだなという感覚になった。わたしが減刑されてからは面会に一度も訪れてきたことはない。それでもなぜだか金沢さんから初めての手紙が届いた。わたしはそれをまじまじと見つめる。正直、感情が行方不明となっていた。面会していたときに抱いた金沢さんに対する疑念が浮上する。結局のところ彼女は何者なのか――。

一瞬考えたが即座に考えることをやめた。既に決断したわたしにはもう考える必要はないから。手紙を開くことなくそっと机の上に置く。
そして未来を手に入れることを恐れたわたしは、人生から逃げだした。

エピローグ

「くそ！　もう一回だ！」

「おいおい、もうやめといたほうがいいんじゃないか。お前明日仕事だろ」

「ばかやろう、このまま終われるかよ。ほら早くやるぞ」

時刻は深夜二時三十分を回っていた。雀荘を訪れていた小野寺誠。日付が変わる前には帰るつもりではいたのだが、なかなか勝つことができずイライラを募らせていた。この日は八局で終わる半荘戦を一戦やって帰る予定だったのが、それから五時間以上が経過している。一緒に卓を回しているメンバーもとっくに帰りたいと思っているので小野寺以外で目配せをする。それは早く帰るためにする接待麻雀の合図だった――。

「ふわぁ～、眠たくてしょうがねぇな……」

横浜刑務所に勤める刑務官の小野寺は頻繁に欠伸を繰り返しながら気怠そうに呟き

業務に就く。椋木美希の死刑判決が覆り無期懲役となってから事件の再捜査がはじまる。しかし、進展することはなく煮詰まっているというのが実情だった。小野寺の業務のひとつには手紙の検閲がある。簡単に言うと内容を確認して受刑者に渡しても問題ないかの確認作業である。毎日何十通、多いときは何百通もの手紙を他の担当者と手分けして処理する。小野寺の担当している分の中に、その日は椋木美希宛に二通の手紙が届いていた。一通はいままでにも定期的に手紙を送ってきていた鎌田里美からだ。もう一通は送り主の名前は金沢と書かれていた。徹夜麻雀が悪影響を及ぼし、ひたすら文章を目で追う作業が小野寺には堪えた。それでもなんとか処理していき最後に残ったのが金沢から椋木美希に宛てられた手紙だった。これを検閲すれば終わりだと短く一息吐いてから小野寺は封筒から手紙を取り出す。

†

美希へ

最初にどんな文章から始めればいいのか、手紙の定型文がわからなくてごめんなさい。お元気ですか?……は、皮肉になってしまいますね。ご無沙汰しております。金沢です。あなたに話さなければいけないことがたくさんあるのですが、面と向かってだとうまく話せそうにないので手紙を何枚か書きました。時間のあるときに読んでくれると嬉しいです。

本題に入りますが、まず謝らなければいけないことがいくつもあります。あなたたち姉妹に悲惨な道を歩ませ、人生を狂わせたのは母親である私です。すべての責任が私にあります。本当にごめんなさい。あなたたちには一生をかけても償いきれないほどの苦しみを与えてしまいました。それもすべて、どうしても産みたいという私の独りよがりな判断のせいです。当時の状況など考えることもなく、産んだところで手放さなければいけないことも承知のうえで、あなたたちをこの世界に迎え入れました。

結果としては、二人は別々の人生を歩むことになり、幼いうちからどちらもがそれぞれの過酷さにたった一人で抗って生きていくことになってしまいました。それからあなたは私の働く児童養護施設に来ることになりましたね。この奇跡を、この幸運を、私はあなたの幸せのためではなく、自身が母親であるという実感を得るために使ってしまいました。それでいて母親であることは隠し通していたことも申し訳なくおもっています。

当時、あなたを引き取って養うほどの生活ができておらず、その状態で正体を明かしてしまうとともに生活することはもちろん、その施設に一緒にいることができなくなるのでそのようにしました。施設側としては当然の対応ですが、それを認めるとこどもの扱いに優劣がついてしまうので、親子で同じ施設にはいられないのです。離れ離れになることをどうしても避けたくて母親であることを隠していました。

面会のときに施設にはどんな境遇の子がくるのかを先輩職員に聞いたという話を覚えていますか。あのとき私は興味を持ってと言いましたが、ただ安心したかっただけなのかもしれません。自分と同じような事情で子供を手放した人を見つけて安心したい一心で調べていたのだとおもいます。保身のためにこどもを手放し、保身のために言い訳を探して、私は自分のことしか考えていなかったのです。本当にごめんなさい。

そんな私の身勝手で降り注いだ苦難の人生のなかでもあなたはひたむきに努力し、就職が無事決まって社会人として生活をするべく、施設を巣立っていったときは寂しさもありましたが、やはりとても嬉しかったです。しかし、そんなこれからというあなたの人生にまたしても災難が降りかかってしまいました。それも元を正せば私が椋木マザーズクリニックで出産をしたことが根底にあることは間違いありません。
何年も何十年も苦しめ続けて本当に心からお詫び申し上げます。いまはあなたの無罪を証明して釈放されるために精一杯尽力いたします。だからもう少し辛抱させてしまいますが、どうかお待ちいただけると幸いです。

ここまで読んでいただきありがとうございました。

時田　恵令奈

†

確認を終えた小野寺は目を閉じてゆっくりと首を何度か回す。偽名で手紙を出して母親であることを打ち明けたことには驚いたものの、暗号めいたものはなかった。内容はほとんどが反省文とはいえ椋木美希の今後の受刑者生活に支障をきたすかどうかは検閲の基準としては微妙なところだったが、小野寺は問題なしと判断した。とはいえ、気になる点がなかったと言えば嘘になる。最初に「何枚か」と書いてあるのに封筒には一枚しか手紙が入っていなかったこと。そして最後の締めくくりに「ここまで」と書かれていることだった。書き始めはたくさん書くつもりが意外と少なく収まったということや、序盤に書いたことを忘れて結果的に記載内容の前後に差異が生じることはよくある。また小野寺の中では「最後まで」が一般的に思い付く言葉であるとおもっていても、他の人が「ここまで」で締めくくることもすべて違和感はあっても問題はない。小野寺はそう判断して手紙を封筒の中に戻す。この日は昼夜間業務のため、その後も眠気と闘いながら一日の業務をこなした。二十三時を回り仮眠の時間を迎えて小野寺は倒れこむように身を預けて瞬時に眠りについた。アラームが鳴り、三時四十五分に起床する。歯を磨き、顔を洗う。そして眠気を吹き飛ばしてから巡回に出向いた。規定ルートの通りに雑居房から見て回り、独居房の巡回をしていると一室だけ明かりがついていた。

「ちっ、なんで俺のときに」

小野寺は愚痴を零す。刑務所の巡回はわりとコンスタントに行われているので、こういった異常に遭遇することが不運で小野寺にとってのストレスだった。仕方がないのでその明かりのついている独居房の前に行くと、そこは椋木美希の居室だった。周りに騒いでいる様子はないのでみんなが寝静まった頃に付けたのだろう。一体なにをしているというのか。小野寺は訝しんで中の様子を覗く。

「おい、何しているんだ。消灯時間は過ぎているぞ」

声をかけるが返事はない。姿も見えないので鍵を開けて扉を開く。監視窓からは見えにくくなっている部屋の隅で椋木美希が項垂れて座り込んでいた。

「どうしたんだ。大丈夫か」

やはり返事はない。項垂れていることで後頭部から若干の出血が確認できた。わずかながら壁にも血痕がみられる。慌てて異常を知らせようとしたそのとき、視線の端で封筒を捉えたことが小野寺を不安にさせた。

「まさか……手紙にはなんの問題もなかったはずだ」

自分に言い聞かすように呟きその封筒から手紙を取ろうとするが、手が震えてうまく取り出せない。深呼吸をして心を落ち着かせてから封筒の中を覗いて手紙を抜き取ろうとする。

「なんだこれは……」

小野寺は目を疑った。目に映る光景に心拍数が跳ね上がる。いやな汗が額から噴き出てきた。緊急事態に目が冴えているいまでは、手紙の検閲時には気が付かなかったことに気が付いた。封筒は二重になっており、封筒の中に数ミリ小さい封筒が入っていた。きれいな細工が施されている。眠気眼で注意力散漫な状態だったときの検閲では気付くことができなかったのだ。恐る恐る内側の封筒を引っこ抜くと、外側の封筒と内側の封筒の間から数枚の紙がひらりと足元に落ちた。小野寺の顔面が青ざめていった。

†

こっちでは真実を伝えることに頭を使いたいからいつも通りの言葉づかいで書くね。内容が今回の事件に関することだから、少しばかり細工したけど気付いたかな？　ちゃんとこの手紙読んでくれているかな？　もちろん謝罪の手紙も本当に伝えたかったことに違いはないのだけど、あなたには当事者として知る権利があるとおもうから、それを知ってもらうために今回手紙を出したの。でももし、あなたがこれを知りたくないというのであれば、ここで目を通すことをやめても構わない。この手紙に関してはあなた自身の判断で処理してほしい。

ここから本題に入るけどまず伝えるべきことは、いまの捜査方針では永遠に事件が解決することはないということ。理由は毒島孝則がすでに死亡しているから。これに関しては警察の捜査通りで、椋木寛治が殺害された日に彼も殺されているの。椋木寛治を殺害したのはご存じの通り、あなたの妹……みらいって言ったほうがいいのかな。みらいが殺害したんだけど、そのときに来栖親子も椋木邸に来ていて現場で鉢合わせになったんだって。父親の鉄二さんが失踪しているって聞いているとおもうけど、実は息子の翔さんとは不当解雇されてから早々に合流していたの。鉄二さんが失踪しているっていう設定は、二人で復讐すると決めてから早々に決めたみたい。

そして、その復讐のために来栖親子は椋木邸に来ていたってわけ。二人は目の前でまだ幼い少女だったみらいが、襲われたことにたいしての反撃で殺してしまう瞬間を目撃してしまい、その光景に呆然としているとお互いに視線が合い、すぐさま視線を外したみらいの方がその場から咄嗟に走り去っていったって聞いているわ。思わぬ形で第一目的が達成されたことを認識して、二人は第二の目的のため証拠の偽装と毒島孝則の個人情報収集に取り掛かった。

　情報収集を終えて、後は毒島孝則のもとへ向かうだけとなったときに「ただいまー」という少女の明るい声が聞こえて、来栖親子はそのときに居た書斎にしばらく身を潜めた。そのとき帰ってきた少女があなたよ。

　来栖親子には声の明るさから先ほどの少女とは別の女の子であることは明白で、既に情報を所持していることもあって、帰ってきた明るい少女があなたであることは姿を見ずして容易に察しがついていたんだって。その後はあなたが泣きつかれて眠ってしまったタイミングで退散。

　椋木邸を出た後は毒島宅に向かったものの不在。仕方なく翔さんのＰＣから椋木寛治のメールアドレスを使い、閑散とした夜中の河川敷に呼び出して、鉄二さんが毒島孝則と対面して自身がされたことへの怒りをぶつけている隙に背後から翔さんが鈍器で殴打し、気絶させて倒れたところにガソリンを撒いて燃やして焼死体にした。これが二件の殺人事件の真相よ。

そして翔さんは私を、失踪した鉄二さんを探す手伝いをする条件で匿って生活をしていたんだけど、実は同マンションの隣の部屋に鉄二さんが暮らしていたの。私はそんなことも知らずに一生懸命、翔さんの指示に従っていたわ。

翔さんはもともと私たち夫婦の件で私を金沢という偽名で匿うことを了承しているからある程度の事情は把握済みだし、その恩があるから私は基本的に従うしかなかった。特に無茶なことは言ってこなかったしね。常に私はなにも真実を教えてもらってない状態で生活しているなかである日、翔さんは鉄二さんからみらいのことを聞くことになってね。

実はみらいが失踪してから数年が経って、鉄二さんとみらいは偶然にも再会を果たしたの。初めて会ったのは一瞬だったにもかかわらず状況が特殊だったこともあったから印象が強く残っていて、お互いが認識するのに時間はかからなかったんだって。

当初はうまくコミュニケーションを取れなかったものの、それでも行くあてのないみらいを放っておけず、鉄二さんはみらいを連れて帰って一緒に暮らすことにしたの。もちろん、鉄二さんが隣に暮らしていることすら知らない私がそのことを聞くことはなかったわ。翔さんはいつも「仕事の打ち合わせ」って言って、本当は鉄二さんの部屋に行っていたみたい。月日が流れるにつれて、みらいは二人（特に鉄二さん）が相手のときは滞りなく会話ができるようになっていて、その頃にわずか数年の壮絶な過去を打ち明けるほどに絆もできあがっていて。その内容を聞いて心苦しかった二人は話し合った。一人で乗り越えてきたのは奇跡とも呼べるような少女の過酷過ぎる人生を、それでも必死に生きてきたみらいの気持ちを汲み取って今後の人生を明るい未来にするための計画を練ることにしたって言っていたわ。衝撃的な場面の目撃者でもあるからね。おもうところがあってもおかしくないよね。鉄二さんがみらいにこれからの人生を幸せに生きてもらうためのサポートを全力ですることを決意して翔さんはそれに賛同したの。

鉄二さんはまずは一緒に生活を楽しむことを心掛けて、いろんな場所へ連れ出したみたい。どこへ行っても最初こそ戸惑うものの、徐々に笑顔が増えていったって、真相を聞いたときには嬉しそうに語っていたわ。テーマパークに行ったときにはどこにでもいるような少女のように満面の笑みで楽しんでいたって鉄二さんは自慢気に話していたもの。鉄二さんにとってはそんな日常がいつまでも続くことを願っていたんだろうけど、みらいが成長することに不都合も増えてね。たとえば身分を証明することができないとか。そうなるとやりたいことがあってもできないなんてことも多々あって諦めることもあったんだって。翔さんに身分証を見繕ってもらうこともできたけど、みらいにはこれから真っ当に生きてほしいというおもいの強さから身分証の偽造は頼まないことにしたって。でも他に方法も思い付かなくてどうすればいいのか考えこむ日々が続いたって。

それからさらに月日は流れてみらいが成人したときのことなんだけど、みらいから来栖親子に話があるということで、翔さんは鉄二さんとみらいが暮らしている隣の部屋にいったの。私はいつものように翔さんにはぐらかされていてそれを一度も疑ったことなかったわ。疑問があっても迷惑かけている負い目から考えないようにしていたのかもね。その招集の理由があなたに関することだったの。

「来栖のおじさん（鉄二さん）のおかげでいままですごく楽しかった。翔のおじちゃんにもいろいろ助けてもらった。おかげで大人になるまで充実した日々を送れた。本当にありがとう……でも、それだけじゃどうしても満たされないの。一緒に暮らすようになってからいままで長い間、二人のもとで楽しく生活してきたのは紛れもない事実だけど、それでもやっぱり心のモヤモヤが消えないの。どこかでなにがなんでも美希を苦しめたいとおもっている自分がいるの……苦しみを、どん底の人生を味わってほしい……」

みらいが打ち明けたこの本心によって三人の人生がまた大きく動き出したわ。みらいの主張は双子なのに自身は苦しみに埋もれそうな人生を送るなかで美希が幸せな人生（みらいが一方的にそう思い込んでいる）を送っていることが許せないというもの。そんなみらいの望みは自分がこれからの人生を幸せに過ごすことよりも、これまで幸せだった美希を地獄の底へと突き落とすことだったってことね。このときのみらいの声は微かに震えていて闇を孕んでいたように鉄二さんは感じたみたい。鉄二さんとしてはこれからの人生を楽しんでほしくていろいろな経験をさせてきたし、翔さんもそれに賛成だったけど、みらいは過去の清算をしないと気が済まないといった感じね。

結局、空気の重さに耐えかねた鉄二さんが悩んだ挙げ句、ひとこと「わかった」と返答したことであなたへの復讐を決行するための計画が練られることになったの。

後の小川さん夫婦とあなたの同僚だった篠原さんの殺人事件にはそういう背景があったのよ。当初はあなた自身とその周囲の人間関係、その他周辺の情報収集。それらをもとにあなたへの報復に関する計画が立てられる予定だった。でも、いくら調べたところでそこから誰かしらと接触して人間関係を一から築き上げるとなると相当な時間がかかる。みらいが一刻も早く報復したいと不満を漏らすこともあってもっと事態を急変させられる手っ取り早い方法を求めていたなかでのある日。鉄二さんとみらいで外食に出かけていたとき、街中でみらいの様子に異変があって、ある人物を視線で追いかけていたの。鉄二さんがその視線を辿ると四十〜五十代の夫婦と思われる男女だった。どうしたのかと尋ねたら、一時期共に暮らしていたことのある小川玲菜さんを目撃したという話だった。昼食を済ませた二人は帰宅して、鉄二さんは小川さんをなにかに利用できないかと翔さんに相談をした。みらい側の知人を利用するというのは発想になかったので盲点を突かれたという様子で翔さんは驚いたけど、それを聞いた直後ある計画を閃くの。それからリサーチ対象はあなたの知人から小川玲菜さんに変更して徹底的に調べ上げられた。翔さんが考えた計画がそのまま実行されて、あなたは嵌められてしまったの。まずみらいの希望はあなたを苦しめることだから、単純に命を奪えばいいという話ではなかった。そこでどうするか考えていたとき、みらいは腰山雫という大切な女性を失ったことが大きな心の傷として残っていることから、みらいが満足するには、あなたの周囲の人間の死によってあなたを精神的に追い詰めて同じ苦しみを与えるという結論に至った。さらにそれらの犯行に加えて椋木寛治殺害の罪を擦り付けて社会的に抹殺することで復讐を果たすという目標を三人の共通認識にして計画が考えられた。

はじめにみらいは小川玲菜さんと接触。その一方で来栖親子が旦那さんを誘拐。旦那さんを廃工場に監禁してその写真をみらいに送る。みらいはそれを小川玲菜さんに見せて脅迫。こうして彼らは操り人形を完成させた。とても酷いけれど旦那さんのほうは小川玲菜さんが操り人形になった時点で容赦なく殺害されているわ。残酷にも誘拐された時点で助かる道はなかった。

そこからはあなたが実際に関わったから大体知っているとおもうけど、操り人形となった彼女はあなたに会った。そのときの使命は二つ。あなたと接触して街中をあるくこと。そしてあなたの所持品を盗み出すこと。喫茶店に行ったそうね。小川玲菜さんの報告では、あなたがトイレで席を立ったときにバッグの中からペンダントを盗んだって。それからそのペンダントを持って指定した場所で合流。そのときに彼女には車で来てもらってて車内でみらいがスタンガンを使い気絶させる。あとはペンダントを回収して殺害。最後に車で自宅まで行き、駐車場に止めて遺体は庭先に捨てられた。

　そしてここからがあなたに徹底的に罪を被せるための計画ね。リサーチ情報からもっともターゲットに適しているのが会社の同僚の篠原岳彦さん。あなたに惚れていたみたいね。先に言っておくと、ペンダントが篠原さんからのプレゼントだっていうのは把握していなかったみたい。裁判のときにあなたの証言を聞いてはじめて知ったって。話を戻すと篠原さんには毎週日曜日に習慣があって、いつも決まった温泉に訪れているの。その帰りを狙ってみらいが篠原さんと接触した。彼は案の定、みらいを美希と勘違いして声をかけてきた。あまりにもぐいぐい話しかけてくるものだから、心を開いた者以外には会話で言葉に詰まってしまうみらいは困惑して計画のためのひとことが言えずにいたんだけど……普段からあなたは彼に素っ気ない対応をしていたみたいね。それが功を奏したのか黙っていることで逆に疑われなかったって。一方的なコミュニケーションにも発言と発言には間があって、その隙を狙ってみらいは彼に話しかけたの。

「ちょっと……付き添ってほしい場所があるんだけど」

ちょうど用事も終えてフリーなタイミングで彼がこの誘いを断ることはまずなく、順調過ぎるくらいに事がスムーズに進んだ。建設中止になって長年放置された廃墟に誘い込み、そこで「猫が高いところから降りられないみたいで――」とかなんとか適当な理由をつけて建物内へと誘導する。その後はこれまでと同じ手口で気絶させてから確実に殺害。とどめを刺すのは人を殺すことに慣れたみらいの仕事だったって聞いているわ。小川さんの旦那さんだけは翔さんが殺害しているんだけどね。こうして予定通り三名の殺害を終えてあなたに繋がるようにペンダントを遺体付近に乱雑に投げ捨てて殺害計画は完了ね。

それから数日後、三人は椋木邸を訪れて隠し財産を見つけ出した。金庫って頑丈で安心ってイメージがあるけど、それって火事とかから守るっていう話でわりと壊すのは容易なんだって。もし破壊されるのも防ぎたいならものすごく高いそれ用の金庫を買わないといけないって、金庫について調べていた翔さんが言っていたわ。椋木寛治はそのあたりの警戒心が薄かったのか隠し財産はあっさり手に入れられたって。あとはあなたが捕まるのを待つだけだったんだけど、ニュースで逃走しているという報道が流れたことでみらいは不満を募らせてね。やってきたことがうまくいっても結果が望んだものでなければ納得いかないわよね。

鉄二さんはみらいを宥めようと必死になっていたけどなかなか収まらなくて困っていて、一方で翔さんはこれまでの結果から自分の考える計画ならどうにかできるのではないかと自信を持ちはじめていたから、自ら進んで計画を練りはじめることをみらいに告げたの。みらいはそれを聞いて落ち着きを取り戻したんだけど、そんな二人の様子を見ていた鉄二さんには煮え切らない感情があったの。もともと鉄二さんは仕方なくって感じで協力していたから、自ら次の計画を考えるって提案した翔さんとそれに期待するみらいの二人とは心理的な距離感が生まれたってことね。

そしてここからがあなたの一番知りたいところだとおもうんだけど、あなたの潜伏先について、もちろん縁もゆかりもない場所に行く可能性もあるにはあった。それでも翔さんは椋木邸に来ることを予測していた。根拠としては交友関係が薄れていたこと。金銭面から遠出は考えにくいこと。なにより戸籍のない妹の犯行ということ。これに関しては他の誰でもないあなた自身で証明するしかなかったからね。そのことから自身で調査するとなると一番手掛かりに可能性を見出せるのが椋木邸だろうと訪問を予測していた。

そこで翔さんが考えたのが人物の成りすまし。実は裁判であなたが見た翔さんは鉄二さんなの。なんでそこが入れ替わったのかなんだけど、翔さんが、椋木邸であなたを監禁した毒島孝則だったのよ。あなたは取り調べで出鱈目な写真を見せられたって言っていたけど、警察が提示した人物はおそらく毒島孝則本人だとおもうわ。つまり、あなたの出会った毒島と警察の知っている毒島が別の人物ってこと。

とにかくあなたの接した毒島孝則が偽物というのは紛れもない事実で、毒島孝則と名乗る来栖翔さんだったの。成りすましにはリスクは当然あって、なんの会話がきっかけでぼろが出るかわからないから極力リスクを回避するために面会では姿を現さないことにしていたって。あなたが監禁されている間は鉄二さんとみらいも椋木邸にいて、翔さんだけはマンションから通っていたの。なにも知らない私に隠し通すためにね。無論、私はあなたを助けたかった側だから事実を隠されて当たり前ね。そこから起きたことは実際にあなたが体験したことだからわかっているわよね。そんな来栖親子がなんであなたの無実の証明をするための協力者になったのかなんだけど、ここでやっと私が関わってきて後に来栖親子から真実を聞くことになるの。

ちなみに目的を達成したタイミングで鉄二さんがすぐに隣の部屋に住んでいるという話を聞いたわ。鉄二さんの存在を隠す必要性がなくなったからね（実際はまだ部屋を解約していないだけで、引っ越し先が決まるまで鉄二さんはみらいと隠し財産のある椋木邸で生活していたんだけど）。私はあなたが逃走しているというニュースを観てから精神状態が不安定になって、裁判で死刑判決が下されたときには胸騒ぎがずっと収まらず眠れない日々が続いたわ。悪夢にうなされて夜中に何度も目覚めたりしていてね。そんな私とは逆に翔さんは目的がすべて片付いたことから安心したのかセキュリティ意識が甘くなりつつあったのよ。

とある日、私がいつも通り寝つきが悪くて夜中に起きてしまって、トイレに行こうと部屋を出たら翔さんの部屋のドアが半開きになっていたの。前まではそんなことは一度もなかったしお酒だって飲むことはなかったのに毎日のように晩酌していたわ。それらすべてがはじまったのはあなたの死刑判決が下ってから。その開いたドアの隙間からPCの光が漏れていたの。でも物音がしないから作業中に寝落ちでもしたのかなとおもって、起こしてしまわないようにトイレに行ったんだけど、トイレから戻るときにどうしても気になっちゃってこっそり部屋のなかを覗いちゃってね。そしたら翔さんの部屋はとにかくごみが散らかっていてね。それが恥ずかしくて見られたくなかったとかいうのが理由だとしたら、いつも鍵とかかけて厳重にしている理由としては妙な違和感があるというか納得はできなかったんだけど、他におもいつくことはなにもなくて……なんて考えていたら翔さんが急にもぞもぞ動き出したから驚いちゃって、私は静かに自分の部屋に戻ったわ。

翌日、いつものように翔さんは「打ち合わせ」と称して鉄二さんと会いに行った。このときの「打ち合わせ」という言葉に私のなかでいままで騙されていたのではないか、隠し事があるのではないかと疑いはじめたの。私はその日は休みでお昼ごはんの準備をしていたんだけど、夜中の光景もあり「打ち合わせ」という言葉が引っ掛かって頭から離れなかった。余計なことを考えているうちについつい作りすぎちゃって。焦がしちゃうとかならまだしも作りすぎるなんてミスすることあるんだってびっくりした。でもそれで、翔さんはでかけたし、せっかくだからこれを理由にして余った分を鉄二さんに持って行く体で、最近の翔さんの生活の変貌ぶりについてなにか知らないか聞こうとおもったの（隣に住んでいるって聞いていたからね）。

それで玄関を出ると、ちょうど荷物を抱えた鉄二さんがいて、「目の隈が酷いね。ちゃんと眠れないのかい？　なんでも相談してくれていいよ」って言われて、部屋の中に招かれたの。いつまでも一人で悩んでいても埒が明かないなって考えていたところだから、私は正直にあなたの話をしたの。無実を証明するのに協力してほしいって。翔さんはとくにリサーチしたりするのが得意だったりするし、力を貸してもらえれば助けられるかもしれないとおもって。

　そのときに奥の部屋のドアが開いたの。私は知らなかったから衝撃だったわ。それが私とみらいとの初対面だったんだから。たぶん私があなたの話をしたから衝動的に出てきたのね。みらいが姿を現したことで隠し通すことを諦めたのか、その後に翔さんも姿を見せてね。この手紙に書いてきたこれまでの内容のすべてをこのときに教えてもらったわ。そしてそれを理由に協力は断られた。でも私もそんなあっさり諦められないから何度も頭を下げてお願いした。でも結局、ＯＫは出なくて……当然と言えば当然よね。私は施設でのあなたの様子をずっと見てきたこと、そしてみらいは失踪したことなどもあって、当時は苦しかったもののなんとか踏ん切りをつけてあなたの将来のためにあなたの幸せをずっと願って生きてきた（恩着せがましい言い方でごめんね）。

一方で来栖親子、特に鉄二さんはみらいが椋木寛治を殺して逃げだすところ、そして再会を果たしてそれまでのみらいの人生がどれだけ悲惨だったかを知っていることから、みらいの幸せを願っている。いわば対立関係だから協力してくれるわけがなかった。話に進展が見られず、沈黙が場を支配すると、みらいが痺れを切らしたように動き出して私の目の前に来たの。そしてこんな提案をしてきたわ。

「二人ともが助かって二人ともが幸せになることはもうあり得ない。どちらがこの先の人生を生きる権利があるのか母親のあなたが決めるといいわ。死刑判決の下った美希か、戸籍のないあたしか……」

みらいはそういうとサプレッサー付きの拳銃を私の目の前に差し出した。これはもともとは毒島孝則が護身用に所持していたもので、殺害時に翔さんが回収したものだってもう少し後になって聞いたわ。

「いま目の前にいるあたしを選ぶなら美希は諦めて。救えるか見込みもない美希を選ぶなら、いまここであたしを殺すといいわ」

こんなセリフを平然と言えることに驚いたけど、みらいのその眼光は鋭く真剣そのものだった。これは私が都合よく考えているだけかもしれないけど、突然目の前に現れた母親に対して確証や自信があってのことではないとおもうの。歪んだ形ではあるけどこれまで味わったことのない母親の愛情をみらいなりに感じたかったのかもしれない……って。

私は目の前の拳銃を見つめたまま答えを出せずにいて再び数分の沈黙が流れた。

「すみませんお二方。ちょっとのあいだこの子と二人きりにしてもらえませんか」

覚悟もなく答えも出ていない。未だに迷っているけど私は来栖親子にそう頼んだ。来栖親子は何も言わず隣の部屋に移ってくれて二人きりになったけど、依然として目の前に拳銃が置いてある。またしても五分ほどの沈黙が時を貫いていた——。

私は来栖親子がいる部屋をノックした。翔さんが恐る恐るといった感じで静かにドアを開けるのを私は数歩下がって見守った。隙間から見えるその表情は結果がわかっていないといった様子だった。サプレッサー付きとはいえ発砲していたら聞こえるとは思っていたけど、みらいの提案があってからというものの二人は気が気ではないのか耳がその微かな音を聞き逃したのかもしれない。私は二人と対峙したそのときもずっと拳銃を力いっぱい握りしめていた。

「改めてお聞きします。美希の無実の証明に協力してくれますか」

「ということは……みら、いは」

私の問いで察しがついた様子だったが、それでも鉄二さんが翔さんの背後から聞いてきた。

「母親失格ですね。最愛の娘を……殺しました……」

その言葉を聞き、翔さんは呆然と立ち尽くす。鉄二さんは膝から崩れ落ちた。その動きはまるでスローモーションのように見えた。自分でも信じられない行動をとってしまった。あまりの動揺から思考回路がバグっていたのだとおもうくらいに。

「もうお二人は美希を救って自身の人生を生きるか、ここで死ぬかどちらかです」

私の声は震えていて、瞳には涙が溜まってき、いまにも溢れそうだった。

「き、協力する。だから命だけは――」

みらいに対して鉄二さんほどの愛情はなかった翔さんが即答。その後、自身の復讐を果たした鉄二さんはすべてを感情だけで行動することはなかった。みらいを失った悲しみが消えることはなかったが、目の前にいる私も被害者だからと何度も気を遣ってくれた。それから鉄二さんは「すべては椋木寛治が原因なんだ」と事あるごとに自身に言い聞かせるように呟いてばかりで、その姿を見るのがとても心苦しかった。その姿を見るたびに、私がみらいを手にかけたのだという戒めが襲い掛かってくる。鉄二さんはその独り言の効果があったのか、最終的には協力するよう申し出てくれた。

以上が隠されてきた真実。手紙を全部読んでもらえたらわかるとおもうけど、私自身が登場するまでの話……つまりほとんどの部分は鉄二さんと翔さんから聞いた話。もちろん鵜呑みにはしていないわ。私なりにあれこれ手を尽くして、でき得る限りの裏を取ったつもり。実際に翔さんと暮らしていたというのもあって、これまでの行動などと照らし合わせると、特に不可解な点もない。というか寧ろこれまでの行動に納得がいくものばかり。なによりこれが虚言だとしていったいなにを隠すというのか、自分たちが黒幕だと自白してまで——ということからも真実で間違いないかとおもっているわ。

†

手紙を読み終えた小野寺はおもわず周囲を見回す。文字を読んだだけにもかかわらず、なぜだか息切れを起こしている。こんな手紙の存在が明らかになれば世間は騒然とする。いやそんなことはどうでもいい。椋木美希は自殺している。こんな手紙を文字の抹消など一切せずに認可して椋木美希に読ませてしまったこと。責任は間違いなく取らされる。この手紙の存在をなにがなんでも表沙汰にするわけにはいかない――。

周囲を見回す。誰もいない……。

小野寺はいま読んだ手紙を制服のポケットに乱雑に突っ込む。

瞼を閉じて、ひとつ大きく深呼吸をする。ゆっくりと瞼を開いた。

それから小野寺は誠心誠意職務を全うした。手紙の隠蔽以外は嘘偽りなく。

著者プロフィール
未経験豊富（みけいけんほうふ）
北海道生まれ。神奈川県在住。
お笑い好きで放送作家を目指すために移住。スクールに通った後、放送作家として活動するも１年で退職。読書が趣味だったこともあり、執筆活動を始める。

隠れ蓑

2023年７月15日　初版第１刷発行

著　者　未経験豊富
発行者　瓜谷 綱延
発行所　株式会社文芸社
〒160-0022　東京都新宿区新宿１－10－１
電話　03-5369-3060（代表）
03-5369-2299（販売）

印刷所　株式会社暁印刷

ISBN978-4-286-24041-1